渡口点灯

鲍尔吉·原野散文精选集

鲍尔吉·原野
BAOERJI · YUANYE
ZHU
著

山东城市出版传媒集团·济南出版社

图书在版编目(CIP)数据

渡口点灯 / 鲍尔吉·原野著. —济南:济南出版社,2021.6
 ISBN 978－7－5488－4695－6

Ⅰ.①渡… Ⅱ.①鲍… Ⅲ.①散文集—中国—当代 Ⅳ.①I267

中国版本图书馆CIP数据核字(2021)第101626号

渡口点灯
鲍尔吉·原野 著

出 版 人	崔　刚
图书策划	田俊林
责任编辑	李圣红　董慧慧
装帧设计	八牛·设计
出版发行	济南出版社
地　　址	济南市二环南路1号
邮　　编	250002
印　　刷	济南鲁森印务有限公司
成品尺寸	148mm×210mm　32开
印　　张	8
字　　数	169千
版　　次	2021年6月第1版
印　　次	2021年6月第1次印刷
书　　号	ISBN 978－7－5488－4695－6
定　　价	39.00元

(如有倒页、缺页、白页,请直接与出版社联系调换。联系电话:0531－86131736)

目　录

第一辑　/　大地

大地·花朵·川流　/　3
沉默的种子　/　15
种子　/　18
草药与大地的苦　/　20
梅岑根的墓园　/　22
黄土　/　24
墒　/　26
青草远道　/　28
化石　/　30
铁里藏着红　/　33
沙滩　/　35
色彩的旋转和燃烧　/　37

千岛湖的美与善　/　39
珠宝　/　42
呼吸　/　43
静中日月长　/　45
过青龙桥　/　47
铁轨　/　49
铁路的尽头　/　51
雅歌六章　/　53
路有走不完的路　/　59
我的鞋已经累了　/　61
钟声　/　62
每个人都欠地球的债务　/　64

第二辑 / 村庄

白银的水罐 / 69

马 灯 / 72

针 / 75

门 / 77

墙 / 79

碗 / 82

擀面杖 / 84

鞋 / 86

养蜂人 / 88

石屋是山峰的羊群 / 90

雾散了,树叶滴水 / 94

在水上写字 / 97

黄姆村 / 100

乡村片段 / 103

第三辑 / 亲情

找头发 / 119

第五格 / 121

废墟下面的信 / 123

画一幅眼泪 / 127

来,把手给我 / 130

脸庞如葡萄挤在一起看我 / 134

搂 脖 / 136

墓碑后面的字 / 138

哪一种爱更为稀缺 / 140

生鸡蛋 / 143

我们对母爱知之甚少 / 144

血中血 / 147

一个词 / 150

西伯利亚的熊妈妈 / 153

布袋记 / 157

琥珀发卡 / 160

仿佛就在昨天 / 163

苇岸在哪里向我们微笑 / 166

血脉河流 / 171

第四辑 / 树木

在库伦沟林场跑步 / 177
寂静统治着山林 / 180
沉 香 / 183
灌 木 / 187
光晕在树 / 189
琥珀对松树的记忆 / 191
松 塔 / 194
松 针 / 197
夜的枝叶 / 199
火山杨 / 201
柳树的母性 / 205
进森林像进入一个瓶口 / 207
北窗南窗 / 210
起 风 / 214
秋 叶 / 216

山与树林的合唱 / 218
树的道路铺向空中 / 220
树的尽头 / 223
树活两辈子 / 225
树的衣裳 / 227
树林里的眼睛 / 228
树木是音乐家 / 231
树木有梦 / 233
树叶欲飞 / 235
藤 / 236
树 桩 / 239
望树心安 / 240
有的树忘记了结果子，有的树忘了开花
　　　　　　　　　/ 242
栽树吧 / 245

第一辑

大地

大地·花朵·川流

引　子

　　这几年出差，回来爱跟跑步的朋友说见闻。我一露面，这帮因流汗而皮肤发亮的跑步人就围过来，听我白话。一天，跑步人散了，树生从树后跑过来，羞涩地——他65岁了，还羞涩呢——说：给你拿点东西。我说：啥东西？他不好意思。我把东西从他衣服里掏出来——一个早年的铝饭盒，打开，里边是酱焖小土豆。我问：送这干啥？树生说：求你个事儿。

　　他说老父亲99岁，今年9月10日过百岁生日，让我出差捎回点当地的水。我说飞机不让带水，他说你把水快递回来，老父亲过生日那天用各地的水浇一盆长寿花，吉利。他拿出一个防雨绸兜子，里面装十多个白色的小塑料瓶，瓶口系着两米多的渔线，瓶底粘了一个螺丝帽。他说有线在河里取水就方便了。树生是车辆厂退休工人，办事真细致。我说：妥了，你就等着祖国各地的水上你们家汇合吧，你们家就是水库。

万亩梨花

我见到好的地名比见到好的书名更羡慕，觉得人活在好地名里是一种幸福。神木、仙游、福鼎，这些地名多好。丰县也好，它是我今年出游第一站。繁体字的丰（豐）字上头站满麦穗，下面有豆撑腰，看着就富足。人来丰县，咸称其丰。丰子恺如果活着，肯定一年来一回。当年有人问他姓哪个 feng，他答丰收的丰，对方不解。丰子恺说汇丰银行的丰，人始悟。子恺辛辣，天下哪有比丰收更丰的事情呢？

在江苏省丰县，我看到最丰美的景物是万亩梨花。入四月，我老家的凹地还有积雪，而大沙河畔的梨花园已成花海。如此宽广的大地，竟被梨花开满。枝头似雪，树下却青草离离，蜜蜂在枝头缭绕。梨树怀抱大，枝条平伸，把花开到别的树上了。花瓣在枝上奔跑，金色花蕊是它们的接力棒。在梨花下行走，走走就泄气了，梨园太大，走到太阳西沉也走不出去梨花的天下。这个县宋楼镇的梨园有 668 棵百年梨树，最大的一棵梨树王胸径 80 多厘米，每年挂果 4000 多斤，厉害吧？吉林省梨树县也未见有这么大的梨树，丰县有，丰字真没白叫。丰县耕地面积 114 万亩，其中果树面积 50 多万亩，栽种红富士苹果 28 万亩，白酥梨 10 万亩，它是全国水果十强县。丰县的蔬菜种植面积达 60 万亩，牛蒡、芦笋等果蔬众多，已成为江苏省出口创汇基地，这个县完成了由粮食大县到果蔬大县的转变，丰！

县城有护城河，开挖于战国时期。我拿树生的小瓶取水，这些小瓶特好用，瓶底有螺丝帽，嗖地入水，咕嘟咕嘟灌满了。我拎上瓶子，拧盖。心想，丰县把战国时期的护城河水献给了树生他爸。

陕南行

我南行的第二站是陕西省汉阴县。这里的凤堰梯田最好看。清晨，梯田从白雾中露出曲线，柔和秀美，大地犹如盛满黄金稻穗的盘盏。苍鹭穿过梯田上方，飞到汉江边上。淡蓝的炊烟从村庄孤直地升起，大地一片晶莹。

凤堰梯田位于秦巴山脉的凤凰山上，临汉江，连片面积达12000多亩。据记载，梯田由清代同治年间长沙移民吴氏家族创建，集山、水、田、屋、村于一体，梯田在河流交汇处渐次升高，引山涧水从上而下自流灌溉。山坡上梯田罗布，有的坡几十级梯田，有的坡上千级梯田。水漫过上一级梯田的石头围沿，浸润稻秧，流到更下一级梯田，一直流下去。

梯田用石头围沿抱着金黄的稻子，如怀抱子孙。在崇山峻岭围垦万亩梯田需要多少石头啊？想象不出这里的先民肩扛石头垒田的情景，不知垒了多少年，这里无异于梯田的长城，而这一切的辛劳，只为了修田。人不来此地，不知耕地珍贵。世间万物，最珍贵的莫过于粮食。粮食哪里是用钱衡量的物品？在这里，粮食是天地大美的结晶，谁浪费粮食，谁不是人。

我在梯田的围沿上行走，若从天空看，我如走在玛雅彩石壁画上的一只蚂蚁。如果我会开飞机，会常常来凤堰梯田上空飞行，俯瞰这幅巨大的艺术品。说话间，几对苍鹭飞过梯田。好地方会有天使，这里的天使是高洁的苍鹭。它们展开灰色与黑色的翅膀，巡视如梦如幻的梯田。

在村里，见两个小孩做游戏。男孩用铲子垒泥成梯田，灌水，拿青草插秧。女孩挎小筐，在小梯田的水里假装摸螺蛳。我看了感动，问男孩姓什么，男孩说姓吴。女孩也抢着说姓吴。我手摸吴氏子孙的小脑袋，心想他们都是长沙府吴氏的后人。在此地姓吴让人羡慕，他们祖先是建造梯田的农家圣贤，连我都想改姓三天吴。

洋县离汉阴县不远，同属陕南。早上我在乡间跑步，灰白的水泥路分开竹林稻田。这里左手秦岭，右手巴山，汉江自西而东分开大山的南麓北麓。我看了半天，分不清哪座山姓秦，哪座山姓巴。松柏杂木分开山峦的深浅层次，雄浑莽苍。

过桥时，桥下流水清澈，鹅卵石像包在玻璃里，水声似更清脆。我想起忘带瓶了，跑回去取瓶，此时见到一对雪白的朱鹮掠空而过，飞得不高。它们翅膀的白羽透过阳光微微橘红，颈羽如流苏般随风飘逸。虽是一瞬，我看到朱鹮的颜面比一坨印泥还红，它长而弯的喙尖上还有一点红。我觉得相当幸运，四处看看，就我一个人，看到了两只朱鹮，这比包场还阔绰。

20世纪60年代，俄国境内最后一只朱鹮在哈桑湖灭绝。70年代，朱鹮在朝鲜板门店消失。中国科学院刘荫增教授和他的团队走遍了大半个中国，于1981年5月在陕西省洋县姚家湾发现了当时世上仅存的2只野生朱鹮。30多年来，朱鹮数量已增加到2000多只，野外生存范围涉及2市7县，面积达6000平方公里。

朱鹮多数生活在洋县，这意味着洋县的老百姓种粮种菜不使用化肥农药，保证朱鹮食物的存活。大凡如朱鹮这么脆弱的鸟类可以生存的地方，均可命名为人间天堂，这里的水质、植被、气候和民风一定臻于优胜。朱鹮真正是好山好水的代言人。

跑完，我在稻田里取一瓶水。这水养的黄鳝、泥鳅是朱鹮的食物，这里的水浇花肯定好。

明月照白塘

我出行的第四站是徐州的睢宁县。因为不认识"睢"字，查《辞海》得知这个县出土的汉画像石"牛耕图"被中国历史博物馆收藏并印在门票上。1996年，文化部（现为文化和旅游部）命名睢宁县为"儿童画之乡"，有15000多幅作品送往70多个国家和地区展出，获金奖223次。

睢宁让我钟情的是白塘河湿地公园。想不到历史上战乱频仍，而今人口众多的徐州大地有一处湿地公园。

人们常把湿地归于人烟稀少的沼泽地，仿佛建是建不出来的。白塘湿地公园正是建出来的湿地，占地3.8平方公里，有水面1000多亩。这里有五处百亩林园——竹林园、柿林园、海棠园、山楂园、板栗园，还有梅花岛、桃花岛、樱花岛。登一座山即入一片林，幅员百亩。我看到无边的山楂树站满山坡，心想这片山全归山楂了，春的白花和秋的红果是这座山的骄傲。以往没见过的海棠山和柿林山，这回都见到了。不同的树的姿态比建筑物更美，它们高低俯仰，疏密错落，塑造别样的景观，树们四季呈现变化的美，比呆板的房子更灵慧。树在风里飒飒，包藏花果，它们是微笑沉默的高士。

登山望水。水边聚集的仙鹤，如同白石铺设的岸。水鸟起飞，影子被微澜摇碎，树影模糊。

睢宁的睢，指睢水。以往十年九涝，把老百姓害苦了。如今湿地形成自然生态系统，水系安宁，为徐州大地储备一个清新吐纳的绿肺。在园区走，我发现游人大部分是农民，这让我很惊奇。人们太多时候看到农民在田边劳作，或在集市卖菜，仿佛那里才是他们站立的地方。在白塘湿地公园，质朴农人手抚柳枝向对岸伫望，拿手机与桃花合影，我觉得这才是国家图景。以往崔莺莺和张生观花赏月的风雅印记被我从脑中删除。国泰民安的宏愿从民安体现，此地可作见证。

夜游湿地，水面收纳了夜空白茫茫的光带，月亮愈发皎洁。走走看看，来到公园内的水月禅寺。这是一处方正简约的现代建筑，没有飞檐斗拱，体现大道至简的禅宗美学。清风徐来，水面澄净，树木亲密偎依，罗列至远方。我抛瓶取得白塘湿地之水。

金子奔跑

小时候，我在母亲的集邮册上看到三枚"世界文化名人"邮票，线描人物，古装，他们是屈原、关汉卿和汤显祖。我惊异，咱们这么大国家，世界文化名人才仨啊？后来向家属院小孩巡回展示这三位名人，丢了两枚，只剩汤显祖。

这一次来到浙江省的遂昌县，拜访了汤显祖纪念馆，馆内悬挂汤显祖画像，与邮票上一模一样，只觉得下方应有中国人民邮政才好。捎带我还回忆起家属院的向日葵和鸡冠花，它们高矮红黄，如对晤。

汤显祖是明代的伟大戏剧家，在遂昌出任五年县令，他笔下的"临川四梦"之《牡丹亭》诞生于遂昌。《牡丹亭》的戏文高蹈绝美，我疑心与这里的山水关涉，悲剧与美如筋与肉那样是长在一起的。

遂昌山水不小气，清秀蕴藏沉雄，或者说它在江南山水的架构里潜藏野性。千佛山，距县城30公里，远看林木苍郁，走进去身旁悉为山泉，水流细小轻缓，徐徐出声。可以状写此地山泉的形容词太少，所谓淙淙、潺潺均隔靴搔痒，水声比形容词更复杂与美妙，它不是一个音，而是复合的和声，如远又近、似轻还重。步行十余里，山泉始终迎送，或山瀑，或小潭，或山涧。我在潭里取水一瓶，坐石上闭目听水，听出水声之外还有鸟鸣，来自头顶。当辨识鸟语之单音节与多音节时，水声消失了。走上石阶，又闻水声。

遂昌有金矿。我们坐小火车进入矿里，参观了明代开采的矿洞。人在金矿的洞窟里行走，目光一定是贪婪的。我看同伴眼神，非但不贪婪，反而迷惘，他们谁也没在石壁上见到金子。行家说，肉眼看不到矿石里的金子。我想也是，人眼能在石头里看见金子，世界更乱了。我觉得金子会在矿石里看到我们——一帮肉眼凡胎且走且望。金子也猜出了我们想念金子的心情，在岩石里笑。

过去听说，金子藏在贫瘠的土地下面。我老家好几处金矿的地表啥都不长，大自然补偿给它们一些金脉。遂昌的金子会挑地方，长在青山绿水之间。这里的人说，金子的矿脉会在地底下奔跑。明明勘察到一处矿脉，过些天却没了。我在新疆和西伯利亚也听过这个传说，相信金子有这个能力，说走就走，要不怎么能叫金子呢？《牡丹亭》里曾有一折，说杜丽娘于花园里凭几而眠，寐中与柳梦梅相会，二人惊诧："是哪处曾相见？相看俨然。"这如同说外地来的金子们相见，都眼熟。

遂昌拥有许多国家级的称号：中国竹炭之乡，中国菊米之乡，全国旅游标准化示范县等。这里九山半水半分田，若要过得好，他们一定会爱手中的一切。在爱的心田里面，一切都是财富，这在汤显祖笔下表现得刻骨铭心。山水赋予人的，是心机之外的大智慧。

吾爱孟夫子，风流天下闻

诵唐诗宜来襄阳，这里留下李白、杜甫、白居易一大批著名诗人的足迹。《唐诗三百首》有27首涉及襄阳。读"三国"宜来襄阳，诸葛亮在这里十载躬耕，留下《隆中对》。学书法宜来襄阳，此地养育米芾，人称"米襄阳"。中国魅力城市的颁奖词说，这座城市"凭山之峻，据江之险，外揽山水之秀，内得人文之胜"。习家池、古隆中、米公祠等名胜古迹达一千多处。

我来襄阳，没带唐诗，只带一双跑步鞋。襄阳有保存非常好的古城墙，在下面跑步十分高古。边跑边看城墙斑驳的砖石，包括箭镞的射痕，心生庄重。我不通晓历史，但我爱这里诞生的一位大诗人孟浩然。"吾爱孟夫子，风流天下闻。"李白这两句诗简直道出了我的心声。孟浩然诗歌冲淡、平缓、简易、深情，合到一起便造就大道风流。我年轻时一度拼命背孟浩然的诗，登老家的南山背诵。孟浩然爱写登高，于是我登高背诵。如今我在襄阳，一面是古城墙，另一面是护城河，边跑步边回忆孟浩然的诗，算是默默献给襄阳的小礼物。整首的诗已背不下来，仍记一些句子："相望试登高，心随雁飞灭。"每次登高，看飞鸟在视野消失，我都会想起这两句诗。那小鸟在飞行中翻翻身子就变成小黑点，倏尔，小黑点也没了，但心还沿着小鸟的轨迹寻找。"雪罢冰复开，春潭千丈绿"，写早春。"水落鱼梁浅，天寒梦泽深"，写襄阳。"我家襄水上，遥隔梦云端"，也是写襄阳。《全唐诗》收录孟浩然诗200多首，其中30首写襄阳。

跑了一小时，记起这些诗句，倍感倾心。李白毫不掩饰对孟浩然的景仰，称"高山安可仰，徒此揖清芳"。而李白写孟浩然最著名的一首，当属"故人西辞黄鹤楼，烟花三月下扬州"。

鹿门山是孟浩然隐居处，距襄阳城南15公里。在唐代，鹿门山与孟浩然一样有名，或因孟而获名。李白、杜甫、白居易、王昌龄均赴鹿门山拜访过孟浩然。登山时，我又想起他的几句诗："人事有代谢，往来成古今。江山留胜迹，我辈复登临。"我辈是李杜等前辈登过此山几百年后又登此山的景仰者，是想从山水里看出孟浩然哪怕一点点影子的人。山峰叠翠，古木杂生。我看到绝非唐朝的鸟儿在树梢掠过，觉得听到了与孟浩然所闻相似的流水和鸟的悦鸣。我辈在孟浩然走过的山上行走，见一处风景，便引颈远望，想象孟浩然也这么望过。摸摸泥土，摸摸树，唐朝在哪里啊，孟夫子去了何方？我羡慕鹿门山的小鸟和小虫，它们虽不背孟浩然诗，但生活在这座孟浩然隐居17年之久的山上，不白为虫鸟。

近黄昏，我辈吃完农家土菜下山了。我留在最后面，感到惆怅。这是潜意识作祟，因为没见到孟浩然。鹿门山虽无鹿，但涤除了孟浩然心中的尘泥，让他如此清新。那首全球华人尽知的诗——"春眠不觉晓，处处闻啼鸟。夜来风雨声，花落知多少"，最能透露他心里的澄明。孟浩然懂得如何让诗与时光相搏而不溃败，他懂得平淡即是恒久。

一个城市有一座名山就够了,如鹿门山;有一位名人就够了,如孟浩然。襄阳还有汉江,有三国遗迹,有昭明台,有宋玉,素称"南船北马,七省通衢"。这样的地方让人嫉妒。我带着从鹿门寺石井里取的水,悻悻下山。这里是取水的第六站。

望绿洲

人们说,在冰冷的塞上沙原,这里流水叮咚,河里长着鲜绿的水芹菜。人们说,盛夏的沙漠酷热难当,这里竟下起牛毛细雨。人们说,这里乌鸦不来、青蛙不叫、沙土垒墙不倒。这就是国家级自然保护区——大青沟。

大青沟位于我的祖籍——内蒙古的科左后旗境内。小时候回老家,所见皆为白茫茫的沙海。我和小孩摔跤,倒地身上一点儿土都没有,我还乐呢,说这地方多好,没土。是的,我老家土地少,耕地更少。小时候不知"没土"有多么沉痛。我的堂兄堂姐衣衫褴褛,食不果腹,因为他们的脚下没有土,只有沙漠。那时候,堂兄堂姐的脸上满是渴望,我不知他们在渴望什么。长大后,我才知堂兄堂姐渴望土地、雨水和绿洲。八月份,我回到老家——科左后旗的胡四台村。近暮,草原深绿,雾里钻出我堂兄朝克巴特尔的羊群,一只牧羊犬不必要地左右跳跟,仿佛它为羊群操碎了心。堂兄黑如檀木,眼白和牙齿如刷了白漆。他每天凌晨3点出发,晚7点回来,变成了非裔人。他的羊群加上养牛和种玉米,每年的收入可达十几万元,日子安稳了。

我在胡四台住了几天,坐朝克巴特尔的私家车和他们一起游览了大青沟。

科左后旗的草场，庄稼和防护林长势都好，但进入大青沟别有洞天。植被茂密，古朴如史前时期的绿洲。风景区实为两条沟，一条长11公里的大青沟，另一条长10公里，名小青沟，两沟宽300多米，深50多米，我们在沟里步行10公里，犹如走入西双版纳的亚热带植物保护库。大青沟有700多种植物，分成水曲柳、蒙古栎、大果榆三个植物群落。藤缠古木，苔藓侵衣，野花如同摇摆着向远方行走。朝克巴特尔对审美没有诉求，他不断弯腰拣野果和野菜，嘴里说："稠李，欧李，山葡萄，猴头，蕨菜，金针……"他的收获很快把提前准备好的布袋子装满了，琥珀似的黄眼睛充满笑意。我在小溪里取了最后一瓶水。

从沟里出来，登高远望，树的波涛从树梢翻滚而过，保护区面积达8000多公顷，打败了沙漠。朝克巴特尔说："这里的黑蝴蝶有燕子那么大，飞起尾巴带两根飘带。"他这个说法在大青沟博物馆得到了验证，那是乌凤蝶。博物馆工作人员介绍，这里有梅花鹿、黑枕黄鹂等38种兽类、鸟类，黑蝴蝶等138种昆虫，天麻等200多种珍贵中草药。这些动植物的存在，对茫茫科尔沁沙漠来说是奇迹，但大自然无奇迹可言，所有现象均由相互依存的因果关系所决定。人觉得怪，是由于他们与大自然越来越疏远。

晚上，我们在大青沟观看一场篝火表演。在火光中，旋转飞扬的蒙古袍惊醒了夜色，安代舞的红绸如火苗一样飘动。在咚咚的舞步中，似有一群精灵从地下跑过，它们是花朵、蝴蝶和树木的信使。

结　语

9月10日，我受邀去了树生的家，他老父亲身穿团花红衫陷入沙发，像弥勒佛一样笑。人老了，不拘男女都像老太太，树生他爸亦如此。树生把我寄来的7瓶水冻在冰箱中，化冻汇在大白碗里。我端详透明的水，分不出它们的故乡来。树生搬来一盆长寿花，肉质叶子，四角形的小红花旋转着搭成了一个圆球，像挤着看老寿星长什么样子。老父亲端碗把水倒进花盆里，树生说："这是祖国大地的水，浇灌长寿花，祝您越活越健康！"我说："浇了八省水，还活一百岁。"他爸耳聋，这句话却听到了，说："我再活一百岁，他们得累死。"树生和他媳妇笑着说："我们愿意！"

沉默的种子

　　种子比钻石更坚硬，在黑暗的大地里，谁知道种子是怎样钻开壳壁，从坚硬的泥土里生出芽呢？你看麦粒、玉米粒、苹果和梨的咖啡色的种子，每一粒都有坚硬的壳壁。它们比树皮更结实，坚定地保护着种子。雪白的种子在这样的壳壁里，从土里长出绿色的苗，比人生孩子更简练也更干净。小苗在阳光下齐刷刷地闪耀。如果说它们是一群孩子，孩子的母亲是谁呢？是小小的种子吗？这一点，植物和动物很不一样，动物和人类都是大的孕育并生产小的，人类母亲与婴儿体重之比约为20∶1。你看不到人类从一小块自身体分离的肉（如手指或耳朵）里长出一棵苗，长大变成一棵树或一个会行走的人。种子有巨大的能量。头几天，我又去了一趟三清山，看栈道旁绝壁上生出的松树。看不到树的根部有土，松树如从石头里长出来。摸松树的手感跟摸石头一样坚硬粗糙。当年一粒种子随风飘进石缝，长成这棵树。碗口粗的松树，至少长了几十年，它还要再长几百年，只因为当年的种子跟它说过一些话。"一些话"是多少句话？可能只有一句——长吧。因为没有其他的话——比如注意休息、保重身体一类话，松树一直在长，石头能吃多少苦，它就能吃多少苦。其实，自然界没有"苦"。

苦这个词是人类发明的，环境、遭遇、快乐、苦恼这些词都是人类发明的，他们为了有所区别才发明这些观念。

种子多么神奇，大兴安岭接天蔽日的松树林都由种子长成。松树以深红的身躯挡住了风的去路，松针在树梢根根相扣，大雪下不进幽深的树林。在南方的山坡上，竹子正准备从每一寸土地冒出来，它的翠绿让青草黯然失色。地下的竹笋不知何时均匀地占满了山坡。如果把种子洒在桌子上，它们只是一些褐色、黄色、黑色和白色的果实，它们是沉默的，是世上最小的东西。谁也不知道它们会发芽，长出城墙般的树林，长出覆盖大地的庄稼，长成花。谁也看不出朴素的种子里包含着花的基因。种子里哪一种物质包含着花的指令？红的、黄的、白的、娇嫩的花正藏在种子里，有了土壤、阳光和水分之后，小苗出生，然后开出花来。这实在太神奇。如果创造世界的不是上帝，是谁呢？只能是种子。

种子是神灵。宗教禁止凡夫枉谈鬼神，更不许猜测鬼神的居所。但可以说一下神住在种子里吗？神在小麦、玉米的种子里住过或曾经住过，神住在松柏的种子里，住在鲜花的种子里，这是不会错的。世上应有好多神灵，火神自然住在火里，不用猜也知道。河神住在河里，而不是云朵上。五谷之神、树神和花神住在五谷草木的种子里，对吗？也许是对的。否则，种子怎么会有那样的耐心、那样的勇气发出芽来，创造五谷和树林？小鸟儿一定知道其中的秘密。鸟儿抢着吃各类种子，吃树籽、草籽和一切能生长的籽。小鸟意欲获得种子里蕴含的巨大能量。果然，鸟儿得到了巨大的能量，秋天从北方飞到南方，这是何等了不起的工程。鸟儿像种子发芽一样飞行，天空上种满了小鸟儿栽种的透明的树木。

以人的眼光看，种子被埋进土里是深重的惩罚，如入十八层地狱，这恰是种子新生的机会。土里没有风景、没有天日，真正被踩到了脚底下，只适合做一件事——发芽。这里安静、无风，亦无喧哗。种子慢慢长出向上的苗，再长出向下的根须。这时种子完成了使命，壳壁等待腐烂，一棵植物诞生了，它是树，是庄稼，或是一株花。貌不惊人的种子，每每做成了大事。它的渺小和忍耐让它在不经意间改变了世界。世界原本是可以改变的，如果有种子的话。

种子在黑暗潮湿的泥土里听到了自己的歌声，歌词里面有游动的白云，被风吹斜的细雨，有松鼠和蜜蜂的身影。种子歌唱它长出地面之后所看到的丰饶的大地。种子的歌声藏在土里，下雨时，歌的片段会跟雨水形成和声。春雨下在播下了种子的田野上，雨的声音里夹杂着一些混响，像雨落在草叶或纸张上的声音。人们对此未留意，其实这是种子的歌声，是低频，比大提琴的音乐还低沉，贴着地皮传过来又传到远处，而雨声是高频，唰、唰、唰，盖住了种子深沉的旋律。

种　子

我在童年具有"种子癖"。

我把收集的种子放到一个铁皮盒里，盒有新疆人拍打的铃鼓那么大。我常举起来晃一晃，其音也如钟磬。因为里面有桃核、杏核。而苹果的籽儿和小麦只在里面"沙沙"地奉和，很谦逊。

我常抱着种子盒到向日葵下松软的泥土上观摩。桃核像八十岁老人的脸；麻籽里有果肉的丝长出来，扯不干净；杏核无论怎样，都是一只病人的眼，双眼皮成就尤有工笔画的意味；李子核与杏核仿佛，面上多毫，干了之后仍不光洁；麦子最好看，金黄而匀称。我想上帝派麦子来，不是当白面烙饼，而是做砝码的。从掌心捏麦子，一粒一粒摆上，仿佛什么事情就要发生了。我还收集过荞麦的种子，因为弄不到，就把枕头偷偷弄了个洞，搞一些出来。当然这只是荞麦皮了，但我小时不计较这个。因此我让荞麦在盒里当警察。我收集的种子还有红色的西瓜籽、花豆、像地雷似的脂粉花的籽以及芝麻。

我在种植之前，多次召集它们开会，为它们选王。举起盒子"哗啦啦"晃一阵，表示肃静。桃核常常有一种霸王的气势，但因为愚昧，很快就被推翻了。杏核表示无意于高位，而黑豆与绿豆太圆滑，玉米简直像个傻子。最后麦子当选了，即最大的麦粒儿，我在它身上涂抹了香油，又按着桃核与杏核的脑袋向它磕了三个头，让小红豆做他媳妇，芝麻做他的智囊，西瓜籽儿每天必须向他溜三遍须。

我不明白为什么鲜艳多汁的杏肉会围着褐色的核儿长成一个球。它们是从核里长出来的，还是生长暗暗藏着核呢？而麦粒会向上长成一根箭。我在吃东西的时候，遇到种子就会停下来。苹果籽像婴儿一样睡在荚形的房子里，和其他兄弟隔一道墙壁，永远也见不上面。而黄瓜籽活在黄瓜的肠子里，密密麻麻像搞杂技的叠罗汉。而鸡蛋就是鸡的"籽"了，而世上许多东西没有籽。我在赤峰电台工作的时候，曾有一位患强迫症的编辑，把办公室的红灯牌收音机在半夜偷偷埋入地里。别人发现后，他说：明年它会长一个半导体。

他在为万物寻找母体与种子的关系，把相近的事物看作是生育的关系。

种植的时候最让人激动。当你把随便什么核或籽扔进地里，看它孤零零地躺着，替它难过，又替它高兴。它要生长了，也许被埋葬了——如果它不生长的话。我再也见不到你了，除非你明年长成树。而长成树我也见不到你了，因为你变成了树。浇完水之后，立刻进入了盼望的焦虑里。你坐在土地上，静静等待种子破土而出，是天下最寂寞的事情。

而我所种下的，除了几株草花之外，多半都没有发芽，几乎个个欺骗了我。我扒开土观察，于是又见到了它们。还是老样子，但庸俗，没有灵性。我只好放弃努力，去抚爱那些并非我的原因而自由生长的植物，如辣椒，如杨树，如在屋檐下挤成一排的青草。青草甚至从甬道的砖缝里长出来，炫耀着毛茸茸的草尾巴。我从书上看到，青草的种子除了在风中播撒之外，还有一些是由鸟儿在身上夹带到各处的。当天空飞过鸟儿，或电线杆的瓷壶上落着小鸟时，我就想，这家伙身上带来多少草籽，又把草籽带到了多么遥远的地方。

草药与大地的苦

在山上，找一块干净的土，往下掏一尺取一捻放在嘴里尝，品不出什么味道。用李时珍的笔法，可写为"土性平、无味、生育万物"。

我尝这捻土，心想土里到底有什么，让甘草那么甜，让黄连那么苦。土里一定百味聚集，不同的庄稼、植物从其中提取了不同的味道。生嚼高粱米，微甜有一点涩。嚼玉米，甜。嚼青草，干脆的甜。高粱玉米的秸秆都甜，玉米的秸秆略带一点点臊味。生茄子甜，黄瓜清香。西瓜香瓜不用说了，甜是它们的本职工作。树上结的苹果、梨和枣都甜。由此说，大地所储存的营养，以甜为主。可是，草药为什么聚集那么苦的苦呢？大地有甜的怀抱，也有酸辛、有苦情，草药把苦长在自己身上。

大地怎么不苦？世上唯有大地最艰辛，日晒风吹，洪水冰雹都倾泻在大地的怀抱。地被冻过三尺，被涝过三尺，世上从未停止劳动的并不是人，而是大地。

大地的苦情，高粱玉米不懂，苹果和桃更不懂，懂大地的只有草药。苦是什么？是执拗，是抓住你不撒手，是一屁股坐在地下大哭，是心头化不开的恨，是沉潜向下的哀怨。苦进了人的嘴里像进了蛇蝎，嚼不得，咽不得。苦只是一个比喻，人把生活的所有艰难用这个味觉的词汇形容之：苦。

中医认为苦可清肝火、明双目。按天人合一的观点，人的身体也堪与大地相配伍。地产百味，人吸纳百味。苦只是一味，没尝过苦味的人，舌蕾相当于一个聋人。

味原本不存在，或者说它只为味蕾或中药的药味而存在。拿一块冰糖贴脊背上，脊背察觉不出其甜，拿一块山楂糕放脸上，脸也不酸。佛家典籍讲，味只存在于人的三寸舌头上，何必吃山珍海味？多么贵重的珍馐佳肴滑过三寸舌面，落入肚里都成糟粕。佛教认为不应该也不值得为了舌头而杀生食肉。

在物品的味道和舌头之间，有一个是真相，另一个在欺骗。蒙特利尔大学的生物学家得出结论，人类的味觉是由味蕾基因的特殊排列方式决定的，并得益于口腔中的酶。而人与其他动物味蕾基因排列方式的不同，使其尝到的味道也不同。人吃干粮狗吃屎，各得其味，谁也不能臆测对方的味。广东人吃蛆，湖南人吃臭干子，都由顽固的味觉好恶所决定。欧洲最好的奶酪，中国人吃起来臭不可当。榴梿也如此。这是说，鼻子和舌头（特别是唾液中的酶）具有不同的认知方式，它们闻到与吃到的是同一种东西，但味道不一样。味是刁钻的、缥缈的、深不可测的东西。

草药拔出了大地的苦，煎成汁却可以给人去病。想一想，不可思议。泥土里积累的苦，草药是怎样找到的呢？草药找到这些苦，存在根茎叶里，人采而煎汁，霍然病愈。给予人类粮食的大地，又长出替人类去病的草药，大地恩情，人还是还不完的。

梅岑根的墓园

鲜花开在那里，纯洁宁静，老人般的大树用粗壮的枝干荫翳着高低不一的墓碑，墙边一棵樱桃树浑身是花。

这里是梅岑根的墓园。梅岑根在德国什么位置，我并不清楚。我跟两个同伴一道坐车，从斯图加特来这里。梅岑根有欧洲各个服装品牌的折扣店。按欧盟法律，每年6~7月允许服装企业在指定地点打折销售。在德国，这个地点是梅岑根。

等待同伴时，我到街上漫游，看到这座墓园。起初我以为这是个公园。绿树跟公园同样多，鲜花比公园更多。

大多数墓碑前有一小块花池子，这里好像举办花卉比赛。对地下的长眠人来说，树和石碑有太多荒芜的野气，而鲜花使这里像家庭。风中摇动的花朵如孩子拍手跳脚，跳皮筋或跳房子，她们都穿鲜艳的衣裙。即使黑夜，墓地也因为朵朵鲜花而如人间。

我看不懂碑上的德文墓志铭，只看到逝者生卒岁月。逝者少有20世纪20年代出生的人，多数是40年代出生、60多岁死去的人。可见这个墓园建立的时间不算长。这时候，走进来一对中国留学生，一男一女（到梅岑根买便宜衣服的人，一半以上是中国人）。他们俩看碑文，然后用汉语谈论一下，我旁听。

多数墓碑上有照片。这张照片上,老人专注地眺望远方。"我的双手——拿过工具,拉过爱人的手,抱过孩子,捧着《圣经》,一生也没有放下",这是他的墓志铭。

另一张照片是一个标致的男人,像老年的法国影星阿兰·德隆。"我出生在天空下,在阳光和雨水里生活,闻到麦香。如今与天空只隔薄薄的一层土"。

整洁的老妇人像。"我不过是一株草,幸好遇到了爱情。爱是我在世上活过的唯一痕迹"。

四十多岁的男人,卷发堆满头上。"我既不知开始,也不知结束。人生只比一场电影长一些,多数人都没有合乎逻辑的结局"。

十多岁的男孩子。"让我在阳光中与兄弟们一起唱歌"。

这人的照片是一个剪影。墓志铭刻着保罗·策兰的诗——"你躺在你的身体之外,而在你的身体之上,躺着你的命运"。

一个黑人的墓志铭:"我害怕睡过去醒不来、害怕睡不着、害怕孩子们想我、害怕下雨、害怕鬼魂、害怕见不到天上的月亮"。

中国男孩子读到这里时,女孩子扎进他怀里,双手把着他的肩哭起来。女孩子的肩胛骨随着哭声起伏。

这是六月,树荫之外的阳光刺眼。有个女人急匆匆跑过来,手里拿着喷壶。她一边浇墓前的花,一边看表。一个身体臃肿的老太太抱着墓碑,闭眼斜靠在碑上。中国的男孩子为女孩子擦眼泪。他们感受到了死亡的可怕,爱情被无常拆散的可怕,在墓地里睡不醒和睡不着的可怕。男孩子的脸吓白了。他们走出墓园,不一会儿,传来他俩嘻哈打闹的声音。

黄 土

世上我所珍爱的,今天才知道包括黄土。

我说的黄土,是那种新鲜的、无忧无虑仰卧在无垠大地上的——什么呢?亲戚、朋友、长辈或伙伴?总之是黄土。鲜润的黄土比鲜润的女人更惹人爱。人们走过它们,弯腰,以十指插入土里,攥一把,捏出个形状,放在眼前看。黄土好啊,清洁,朴实而又清洁,这不令人神清目爽吗?好黄土一点不脏,像粮食那么干净,但排列得更紧密。你如果把黄土放在鼻下吸嗅,说"香"也许矫情,说"土"仿佛什么也没说。但这气息的确有一种直抵丹田的力量,不飘亦不滞,可以扑面而来又依偎着你。黄土的气息和麦子、高粱以及杨树的味道均有亲属关系,高粱把土气变甜了,杨树把土气变苦了,艾蒿把土气变香了。但黄土是宽容的大神,不在乎这些,仍从气息里透出广阔的微笑。

黄土,我想用词语华丽你,譬如"金色的云啊",但眼睛一看到你就犹豫了,土地不可美饰。

我可笑地认为,只有农村才有黄土。应该说城市也有,但被楼房和马路压在地下了。我喜欢在一望无垠的黄土上踏步走路,走到哪里都无妨,不拘林边或河边。黄土陷我,是拽我做客;黄土平坦,是喻我整肃。我还想在一溜白杨树带的边上，以十指为铲，噌噌向下挖掘，把带有新鲜气息的土扬出来，土和我手指的接触何等愉快呀。我望着自己掘出的小丘，想象田鼠原是幸福之辈，在黄土里钻冲，分洞穴为上下铺，置藏花生玉米，闲暇时瞪着乌溜溜的大眼张望世界。

近日，我家楼下重修下水道，挖至一米深，堆起许多黄土。我见故人，欲亲近却无章法。不能和黄土贴脸，也无法与黄土说"你好"。看着它们堆耸如丘，小孩子爬上爬下，默然而已。

再想起以往皇上出巡，基层单位"清水洒街，黄土填道"，我曾为其矫情感到可笑。细合计，黄土铺满大道，白杨夹迎，的确是最高礼遇了。谁不说清水和黄土都是最好的东西？

又有"哪里黄土不埋人"之说，所谓大丈夫死不择地，五湖四海可见。黄土不仅埋人，尚掩埋一切，生长一切。人对死者的态度，古今都取掩埋一法，即他们死了，就宜于阳界消失。埋没使活者看不到他们，树个坟包纪念，这是一种尊重，如同曝尸是一种惩罚。土地埋人，是因为只有土地能够埋人。黄土埋人，讲的是此物干净，与没有灵魂的肉身极契合，只是过于深重。

墒

这时候,扛一把铁锹走进地里,一脚踩下去,"咔嚓",锋刃切断了土地的肉。土壤若是致密的,就是活的,有血管神经,也痛。假如它们散漫飞扬,便死了,像窗台马路上的浮土,松手了。它们去世之后,可以不负责任,到处乱走。地不是这样——有生命的土,如手腕扣着手腕组成的家族。把锹插入春天的地里,随着"咔嚓",握着榆木锹杠的双手,分明感到地的战栗,一激灵。

我蹲下,捧起土。自打去年秋天分手,又一年没见了。土用湿润的宽掌和你握握,最近怎么样?一想,真是春天啦,土潮乎乎的,大地都黑黑的滋润了。地也会运气吗?抵住地心引力,把珍藏一冬天的水分提到嗓子眼儿。我把土放回去,踩实,不然一会儿水分就蒸发了。农民知道这个,最心疼地表这层水汽,这叫墒。

庄稼人对土地叩首,说您真是大德,这点水分自己舍不得用,让五谷生长。地垂下眼帘微笑,心想人怎么老不开窍呢?我让庄稼生长,也让你们认为没有的青草生长。

土地的法则是生命的法则,只要有生命,就让它活。这里无功利。

再过几天,地里会长出葱郁的禾苗和各种各样的草,没有限制和甄别。土地的宽容不止于此,它上面还活着吃草生存的牛羊。草是土地的子孙,当牛羊吃掉它的生灵,土地不心疼吗?不心疼。人类不也吃掉庄稼的种子吗?牛羊和人类也是土地的子孙。对土地来说,被人收割的庄稼没有白白生长,没白长的理由也并非它养育了人类。

我听到了土地广阔沉缓的呼吸。

青草远道

友人约我写一篇与乡土有关的短文。他带着沉静的笑容,仿佛揣度我心底的乡土印象。我犹豫了。

乡土最根本的意义是地,它和天一样,是人类无力描述的对象。说起它,常常蹈入"开口便俗、一说就错"的误境。我曾经长时期迷恋和困惑于鲁迅先生那句话:"仁厚黑暗的地母呵,愿在你怀里永安她的魂灵。"语感有别于他以往的文风,像《圣经》中的"雅歌"。土地无疑是母亲,这不仅由于"天覆地载"这种体位所给人的想象。老子极不情愿留给后世的《道德经》(钟阿城考证应为《德道经》)中,以男女生殖器官的不同,点透土地的母性,并指明母性的深邃、静虚、无为而产生的威力。我想土地最像母亲的在于慷慨。自然界究竟谁在默默无闻、百代不衰地奉献呢?只有土地。当人们浮泛地歌颂金黄的麦浪、无边的森林和美丽的花朵时,是土地奉献了人类所喜欢的这一切。这多么像母亲。当有人说"这孩子又白又胖"时,怀抱着孩子的母亲笑着,虽然她知道这并不是赞美自己。1885年10月10日,在波士顿,美国人埃弗雷特在议会上激动地述说农业的重要:"把一粒种子撒在土里,就会出现奇迹。"为什么呢?土地具有一种母性,她的职责是生命的繁衍。虽然黄金也源于土地,但土地的嫡生儿女是谷物、森林、草与花朵这些有生命的东西。

对此，人们能说些什么呢？

不说的缘由一在忘却了，二在说不出。

土地被踩在人的脚底下。朴实的、骄横的、富足与贫困的人都把土地踩在脚下。在所有的谦逊中，土地已显示了最伟大的谦虚。母亲生产我们时的阵痛与流血，都被我们忘记了。堂皇的理由是：当时我们不知道。当我们用眼睛观看世界的时候，看到的又是麦浪滚滚与稻花飘香。我们看不到土地。

当丰饶的庄稼被收割，我们皱着眉眺望远方的萧索。土地如母亲，她并不丰饶，丰饶的是庄稼。

在飘雪的日子，我们欣喜于漫天皆白，忘却了白雪下面的土地。

在人类的眼睛里，永远也看不清自己的母亲，如同看不清被踩在脚底下的土地。

北方被犁耕过的土地，灰黄色漫漫起伏，如我在寒风中瑟瑟而行的母亲。然而母亲和土地并不记恨，第二年，土地又长出青草，在空气中散发与过去一模一样的清香。母亲又在冬夜为儿女缝补寒衣。针把手指刺出血珠，昏花的眼睛眯着。

我最喜欢的诗是乐府诗《饮马长城窟行》中那句"青青河畔草，绵绵思远道"。我不知道这位无名的诗人在如此令人惊喜的美中寄寓了怎样的情怀。仿佛青草跪下祷颂土地，也如人类歌颂母亲。

青青河畔草，绵绵思远道。我在吟哦之间读出悠长的宁静。

然而，我们说不出这种悠远，如同说不清母亲的恩情。土地与母亲，已然无法言说了。

化 石

　　岩石里凝固着鱼的化石，却见不到人的化石。人太年轻了，在地球上远远没混到化石的行列里。在生物学的排序中，猛犸、鸟类、鱼、昆虫都是人的前辈。如果人排进化石的辈分里，前边还有马、牛、羊、狼、猪、狐狸、猴、猫和老鼠，早了。就像十二属相里没有人（人属人有点不像话，皇帝除外），化石里没人。

　　化石是什么？是大自然对物种的珍重。大自然把它看好的动植物变成化石，永久保存，它们一定是好东西。从对环境的价值说，人算不上什么好东西。尽搞破坏了。大自然心里有数。

　　大自然能耐大，它把蜻蜓的翅膀化为石头，或者说化为石头的纹理，这才是鬼斧神工。世上有比蜻蜓翅膀更薄的东西吗？没有。人的眼皮薄吧？但比十层蜻蜓翅膀还厚。世上竟有蜻蜓的化石，清晰地带着翅膀的脉络。可见，化为石者不仅有动物骨骼，还可以有蜻蜓肚子（里边一包水）和翅膀，跟石头浑然一体。化石里有植物的叶子。叶子只是一些纤维，蜻蜓的四只翅膀也是纤维，它们怎样能变成石头呢？石头和蜻蜓翅膀的分子式完全不一样，它们竟然可以互相转化，这就是奇迹。当年赤峰广播电台有一位工程师就订一本杂志——《化石》。每天傍晚，他捧着《化石》坐在花园前的楼房台阶上阅读。读一会儿抬眼瞧瞧四周，可能琢磨周围有什么东西可以变成化石。晚风吹来，花园里的扫帚梅和胭粉豆摇来摇去，好像躲避蜜蜂爬梳的痒。花与蜂都可变为化石，但电台大楼和编辑们变不了，人尤其变不成化石。庄子说人的最后一口气离开身体即开始腐烂，气负责人体不烂。那么，把那些据说是伟人的人的遗体变成化石，他们及其追随者会不会更称心？变是能变——我私见——只是时间太长，比如一亿年，还变吗？瞻仰者等得了一亿年吗？所以就算了，世上好多该办的事最后都不了了之。新杂志来到，电台的工程师在杂志封面外边黏一层牛皮纸，每天下班坐在台阶上读。冬天，他把屁股靠在收发室暖气上读。为什么不在家读？可能他老婆不允许活人读化石书。我想他就像矿难中蜷在巷道中吃一块木头的人，这是唯一的精神食粮。他每月需要把这本杂志均分30份，每天只读一份。一个字都不能多读。多吃多占的结果是阅读饥荒。假如《化石》杂志有48个页码，小月30日，他每日可读1.6页；大月31日，每日可读1.55页，即读1页半之后再读6行；赶到二月份过年，每日可读1.72页，合算，过年干啥都合算。

人说比尔·盖茨盖的半穴居豪宅的前厅铺着始祖鸟化石。这么弄，好像不太吉利。但逝世的不是盖茨而是乔布斯。化石有可能更接地气。我觉得可以把化石看成是玉。虽然玉顶着非常好听的称呼，有人在名字里加了玉，但玉没什么来头，看不出前生。化石的前生不言而喻，鱼、鸟，这是身份，有谱系。按能量守恒定律，万事万物都有一个前体或者叫因，都可以找到自己不同形态的前生。但人记不住前生，这辈子也没收到过提示，星座、血型跟前生均无关系。假如我前生是一只猞猁，现在见到猞猁我一点都不激动。有人在街上喊"猞猁"——

我也不会回头。所有的记忆一托生就被抹掉了。说到这儿,我更加佩服化石,人家有前生。而且,连蜻蜓都有化石,人却没有。人死了火化,更没机会化石了。地球上每几分钟消失一个物种,变化石根本变不过来。

假如有人发明出速成化石的办法,我提议变化石的清单是马鞍、小提琴、蜜蜂、眼镜、吉他、钱、苹果、西红柿、橘子、茶叶。提10项就行了,别人还提呢。可惜音乐不能化石,人的情感不能化石,云彩化不了石,味道不化石。好多好东西都化不了石。音乐、情感、云彩、味道最后去了哪儿?谁也不知道。可能变成了暗物质,此事须问丁肇中。

铁里藏着红

红跑在血里；红飘在孩子的脸蛋和樱桃上；红用缎子被面裹住新婚夫妻的喜气；红从太阳里面跳入海里；红……

红藏在铁里，铁无论到哪里——成为钉子、锄头、锅，还有炉子，它暗中都带着红。在火和铁交锋时，铁在火里取暖，它在火的语言里想到了自己的前生前世。铁来到世上，火是它的接生人。铁从火里闻到了腥性，那其实是它自己身上的味。它听到火发出"呲呲"的声音，好像被辣椒辣到了舌头，在空气里晾。

铁在火里变红，不仅因为想到了过去。铁的坚硬、冰凉被火收走，火教给铁怎样恋爱，包括拥抱和舔对方的脸，直至让铁红起来。

铁看自己的红，像看到了一条鲤鱼，觉得自己正在火的河流里畅游。铁红了之后，身上第一次变得透明，像橘子那种透明，好像蕴藏着无限甜汁。铁红了之后，浑身都轻了。这时铁匠走过来，把铁砸成羽毛似的叶子，甚至可以飞。

黑与红是铁的表里世界，是它的肉体和灵魂。在大地上，铁永远穿一身黑衣，它穿这身黑衣经历春天的雨水。装满雨水的铁桶里有雨水唱歌，歌声落在铁桶的脊背上。穿黑衣的铁钉在椴木里寻找年轮，固定了窗和床。当铁锹和锄板被磨得白亮时，那是铁的梦境。雨水、泥土和空气让它重新换上黑衣。它习惯了这身衣服，是礼服，也是工作服。铁走到哪里都被称为工匠，而且常常站在门外，被装在帆布兜子里。

铁走遍天涯，那些树啊，那些在森林里歌唱、为小鸟做窝的树遇到了铁之后变成了大马车、风箱、房梁和一切。在古代，人和什么在一起？外边是土，家里是树——但它已经变成了木头。树的花纹黯淡于炕沿、门、摇篮和桌椅上。人躺在、趴在、倚在这些树上，它们身上曾经有露水和昆虫。铁把树变成了家具和工具，铁从不因此后悔羞愧，它来自岩石，却比岩石锋利。铁的脸上流不出一滴泪，只挂白霜。铁在岩石里沉睡时是游民、种子和儿童，熔炉把它们招呼到一起，把无数铁变成一块铁，使它们比岩石更坚硬。铁变成铁就没有回头路可走，它出生前的石头已化为齑粉。

世上回不了家的东西是什么？它们是冰雪，是桃花，是苹果，是铁和家具。铁做了铁甲铁钩，不求超度，但它心里还藏着红，遇到火，铁慢慢地变成黎明那种红；红过了，它身上掉下一层白白的灰烬。即使没遇到火，铁也会红。它不打算当铁的时候，雨水帮助它们生锈，如蛇蜕皮那样一层层蚀解。回到泥土里，那些铁锈成暗红色，比火里的铁颜色更深，仍然红。铁的孕育和归隐都离不开红。

沙 滩

世上最难理解的东西是沙子，或者叫砂子。没见过沙子什么时间被加工过，但比加工的还精细，还晶莹，还茫然。

走在海边的沙滩上，我除了自己的脚印什么都看不到。捧起沙子，有一个声音问我：沙子是什么？

我不知道，这实在是最深奥的问题。

你可以把它的前身想象成一块巨大的石英石，半透明，但还没有透明到磨成凸透镜片把阳光变成火种的程度。后来这块巨石碎了，变成了沙子。问题是谁让石头碎了，碎得这么均匀？

见到沙子，我知道我们不了解的事情多了。

沙子的前身可能是一颗星星，叫水瓶星，跟摩羯星顶牛旋转，火星喷云，落地为尘，变成了地球的沙子。

或者有一位游戏的天星，捕捉其他的小星按在地上研粉。他手里有一个筛子，网眼像沙子那么细，星粉露到人间。

我走过沙滩，感觉走在别人的东西上，像什么洒了，而我们管它叫沙子。沙子时时挑战人的观念——它没有主次、没有首尾、没有营养、没有矗立。沙子挑战人对秩序与伟大的膜拜，以无表情。

人幸运自己的体积比沙子大，人如果小似真菌，看沙子就看到了玲珑的玉山，宫殿叠加，巍峨入云。真菌的人在沙粒的水晶宫中穿行，看到折射的虹霓像老者的花镜。在海滩的沙子底下，听浪头如白衣宪兵搜捕海的腥味，水渗半尺，沙子留下泡沫的帐篷。

在沙子的宫殿里穿行，便于领会诗词意境。"乱石穿空，惊涛拍岸，卷起千堆雪……"苏轼原本是写沙世界。我小时候拿放大镜看沙子，企图在沙子的石壁上找到几个字。"文革"初，人说长篇小说《欧阳海之歌》封面画里藏一幅反动标语，我没看出来，转向沙子里寻找，无。放大镜太小，看到的沙子像皮冻一样。

如果沙子生长，每年长一点点，每粒沙子长得像白菜那么大，人们开始喜欢沙子，每人搬一块回家渍酸菜。

沙子来自外星。沙子被古埃及人用来测量时间，沙漏搬运时间只留下沙子匿名的脸。沙子代表虚无。沙子是水和生命的反物质。沙子仰观云飞雾散。沙子喻示以前或以后的史前时代。沙子是滔滔奔涌的石头河流，暗示自己是某一种水。儿童喜欢沙子，母鸡和骆驼喜欢沙子。沙子的浪花在风里。沙子是大自然的形态之一。沙子这个名起得不怎么好。沙子是自然界最大的疑团。

色彩的旋转和燃烧

除了月亮,找不到比油菜花更黄的颜色。油菜花像一壶发酵过分的酒倒在方形的池里,让蝴蝶醉得飞不稳。油菜花盛开的地上没有向日葵,它融化了所有的黄。

大自然知道绘画补色的道理,油菜花让天空更蓝,蓝得像漆,像没有一丝波纹的海。蓝天在油菜花的映衬下十分平静,让白云走路发不出一丝声音。

油菜花的色调让游客兴奋,除了照相,他们不知还应该做些什么。如果没发明照相机,人在油菜花地手脚都没地方放。他们不会像蝴蝶那样挑剔地翻飞,又不会像蜜蜂那样歌唱。人在油菜花地抚不平驿动的心,他们在油菜花前站着、蹲着商量,除了照相还能做什么呢?人被油菜花感动了,说不出这种感动,只好照相。

人被色彩感动,验证了莫奈的信念:仅仅是色彩就可以感动人,线条并不重要。大脑神经学至今没有发现人被色彩感动的机理。粉色的杏花是冰雪消融之后的娇嫩,是大地回春的婴儿。这一种粉让人晕眩,如超现实主义的云。人在粉色面前反应迟钝,被这么密的花瓣搅乱心思,为落在脏土上的花瓣珍惜,粉色让人不知所措。青草的绿令人安稳,草和庄稼如果不绿,大地仿佛成不了家园。绿色让泥土的褐色显出一点亮调子，露出泥土的生机。

色彩是大自然对人的恩泽之一。春天给人送来的希望首先从色彩开始。花所包含的活力不在它的质地，更在它鲜艳的色彩。人除了用粮食和水喂饱自己之外，还离不开色彩的哺育。白云的白、蓝天的蓝、青草的青，是人的眼睛乃至心灵的粮食，色彩对人生的意义无法代替。

油菜花的金黄相当于色彩的舞蹈。它在旋转、在燃烧，只是眼睛说不出这些感受，甘心做它的俘虏。人的目光当过大海的俘虏，当过白雪的俘虏，当过桃花的俘虏。一个饥饿者饱餐色彩，而后心安。

油菜典雅的黄花比红色还热烈，颜色从花上流淌遍地，它像大地的新娘。油菜花的金黄让人感到人类印染业、印刷业与画家手中的颜料虽鲜艳但没有生命力。

油菜花是大地的音乐，包括合唱与铜管乐齐奏。它喂饱了无数眼睛之后再用菜籽榨油。到油菜花地徜徉，最羡慕那些昆虫。蜜蜂最值得做的事就是一头栽进油菜花里，半个月都不要出来，世上再也找不到比油菜花更好的宫殿了。

千岛湖的美与善

千岛湖的胜景不止于水天浩渺,更妙处在观此湖有山可登,缆车送你升于群峰之巅饱览湖景。在山巅观湖的心情已经不能以"欣赏"二字形容,"欣赏"这个词太平淡。欣赏是对平凡美景的浏览,而高踞山巅看大块山河,分明要赞美感叹。感叹什么呢?感叹大美天下竟然被你俯瞰得之。有句话说"角度决定态度"。高山观千岛湖,改变了你对千岛湖及一切湖的态度,站在此处可小天下,心胸顿开。

我去过黑龙江的兴凯湖和俄国境内的贝加尔湖,都是大湖,大得不得了。可是人眼睛的视力面对这么大的湖显然不够完善。人眼也就看出两三千米远,还得是晴朗天气。多大的湖对人类来说只不过看到方圆两三千米,其湖之大,只是听说而已。留下这样的缺憾,怨只怨人类个头太矮,看不尽湖海全貌。高者如姚明,也只比别人多看出二十米的水面。人不能扛着梯子去观湖,能扛动的梯子都不高。消防部队有一种云梯车甚好,我早就相中了。云梯打开高度可达60米,但他们不借你旅游使用。而湖边,就我看过的湖而言,都没有高山,不足以登高山而观大湖。山之存在,并不为你观湖而矗立湖边。

千岛湖有奇异景观,游人登上山巅俯瞰湖水,享受到了玉皇大帝的视角。玉帝每天都这样那样地俯瞰五湖四海,一目了然。在山巅观湖的游客看到千岛湖辽阔无边，水面如镜，云彩成行成队留影湖心，就有了一点玉皇大帝才有的眼界。有些人第一次看到此景，难免要抬起手臂指点江山。此江山不是浙西的江山市，而是千岛湖的水面、岛屿、鸥鸟和云彩。人在此刻，胸膺充满豪气，不抬臂指点一些景物就不得劲儿。我从未在这么高的位置见过这么浩瀚的水面，如鸟儿一般从天空俯瞰大地，俯瞰大地上静谧的湖泊。湖水如鱼肚般呈现银白的光泽，中间有顶戴密林的黛青的岛屿，这只有在山顶上才看得到。

小时候我攀登老家的红山，看到山上的岩石里镶嵌海螺的化石。山顶的岩石里怎么会有海螺呢？别人告诉我，红山当年是海底。我听了大吃一惊，高高的红山当年竟然是海底。问是哪一年，答亿万斯年之前那一年。这消息对我来说比游泳池卖半价票还令人惊讶，我怀疑这个人在造谣。还有一年，我已五十几岁，问一位制作珊瑚戒指的蒙古工匠，好珊瑚产在哪里？他说青藏高原。问为什么呢，他说青藏高原当年是海底。好多事说着说着就到了海底，证明这不是造谣，这两人也并不认识。如今我站在山顶观望千岛湖，其景与当年青藏高原以及红山被海水淹没的情形约略相同。也是当年（1959 年），政府建新安江水库，开闸放水，淹没了村庄、耕地和古老的县城。于是，我们这个星球上出现千岛湖这一奇观。我眼前星罗棋布的一千多个岛屿，实为一千多座山峰的顶部，还有一些较矮的山被淹没了，失去了当岛的资格。而我们脚下山更高，可以俯瞰那些岛。故此脚下这座山仍然叫山，而不叫岛。再一想，海洋上的岛屿也是海里的山峰，露出海面而已。

我们在这里看湖，看名字叫作岛屿的无数山巅，看汽艇像一条浮出水面的白鱼游过来，两舷划出长长的水痕；看群鸟飞过湖面如有人在天空撒了一捧树叶子；看岛屿戴着绿绿的树林的帽子；看远处淳安县城的高楼如海市蜃楼。这番风景难得见到，虽然想起那么多村庄耕地被淹心里不大好受。下山时，我向左边的湖水挥了挥手，又向右边的湖水挥了挥手，把肋间涌上的豪气往外放一放。

下山乘汽艇游湖，见到湖水清得如一碗水。于舷边往水里看，无浊流，无乱七八糟的藻类。你从水面映出的石壁的青翠的倒影就知道这里水质清洁。人说杭州已准备把千岛湖作为饮用水的水源地，导游问我高不高兴，我说高兴，但我想这么大一湖的水可饮人，自然湖里的鱼虾也可饮可活，我还是先为鱼虾高兴。人不喝千岛湖水还可以上超市买矿泉水。说到这里，要说千岛湖不仅美，指风光。还有善，其水生物体皆可饮用，比美的意义更深远。

珠　宝

我认为在雨后的桑园里走，会拣到珠宝。

雨后的土地多么干净。新鲜的黄土在雨水下渗的引力下，更紧密、平整。白沙汇在一起，形成边缘性的弧圈。仔细看，在白沙的边缘，还有一线黑沙。

而逆光的树叶更加葱茏，它有意无意地轻扬，甩下叶面上滚圆的雨水。这时，地面上的小石子特别醒目，雨水把它们变新鲜了。黑石子显得珍贵，黄的有一股陶的味道。而小小的玻璃碎片，远远射来刺眼的光芒，一闪即逝，像鱼雷快艇上开探照灯的水手。近看，"玻璃碎片"有时只是一颗水珠。

呼　吸

　　喝酒的时候，打开瓶塞静置几个小时，它的味道才慢慢醒来，好像你不能强吻一个梦中的美人。初开瓶时，瓶里的气味令人不悦，躁而厉，亦像美人起床后尚未漱齿。

　　这是就红酒而言。若是五粮液，开瓶即饮，同时摄入不少香味。但多数白酒仍需开瓶让它和空气接触，行家叫让酒"呼吸"。

　　酒有灵魂，开瓶之日即涅槃之时，赴死而永生。酒，引颈吸足了底气，活动筋骨，然后大干。

　　呼吸不止于红酒，草木皆呼吸，于子夜最盛。一位小提琴大师告诉学生，把曲子拉好的关键是匀净每一句的呼吸。这是一位俄罗斯大师说的，却如通《易经》的国人的口吻。

　　刚才，我把广腹高脚杯擦得晶亮，斟半杯酒来到桑园，放在石凳上，读书。酒是法国产，据说属"天王"一级。

　　桑园并没有人经过，我喜欢射进红酒里的阳光。我想象，过一会儿，鸟儿会在头顶盘旋，几欲低飞窥视此杯醉人的光芒。

　　读书时，我不时看几眼酒，那种酡红无可言说，像藏着极大的秘密。血，在女人腿上翻卷的金丝绒，小心划一根火柴照亮的宝石。

　　我端起酒杯，轻轻晃曳，心想：你呼吸够了没有？啜一口咽下，感到它的身体栽到胃里,一路点燃温软的烛光;其魂魄上扬,在喉间缭绕,放出余香,和你悄悄说话。

我端着酒,等待鸟儿飞来助兴。

静中日月长

  这里真静谧,不管它叫舍力图还是独逸学院。我从早到晚敞开窗户,传进的只有小鸟的歌唱,楼下餐厅偶尔传出轻轻的笑。今天割草机来到窗外草地,像喝醉了一样轰鸣割草。我不明白割草设置那么大马力干吗。它割完气哼哼走了,留下草香不绝于鼻。看天,常见喷气式战斗机飞行,很高,听不到声。沈阳附近有个军用机场,战机飞过动人心魄,听说那里掉下过一架飞机,飞太低了。

  静谧是不准确的词。动态可以用词形容,而静,像止水、像透明的空气和光线,没法用词语状之。静者,姑且形容无声,其实是安然。世界上没有哪一个角落是无声的,鲍尔金娜在小说《门》中说"真正的静谧,人自身会发出一种声波,像蚂蚁交头接耳"。我们已经习惯把没有噪音叫"无声"了。都市人所称噪声是车辆行驶鸣笛、工地机械、楼下互相骂娘和火车对面卧铺客的呼噜声。如果把声波震动转化为热动能,100个打呼噜人都可牵引一辆车厢前进,不用买票,别人还得给他们献钱。

  摆脱了这些噪音,人说寂静无声。这里的无声里除了鸟啼,还有青草翻身和树叶说梦话的声音,松鼠在枯干经年的褐色落叶上奔跑打滑发出的声音。我在森林里手摸一棵红松,树皮发出纸页的声音,这声音就是身份。大自然有无穷无尽的声音,昼夜而发,夜里更多一些。

交织一起变成所谓地籁——浑然的声波，像大提琴在低音声部的运弓，一直往右拉，不回弓。曼托瓦尼乐队就是这么处理尾音的——录音时，把起弓声贴在回弓上。就如同乐队的人合力运一把弓，边运边走，从斯图加特走到瑞士琉森，像一队贩私盐的人们。

静谧包括阳光照在18世纪的老瓦上，瓦身凑巧掉了一些粉末，落地上发出微小的声。树把阴影移到草地上，晒太阳的小虫抱怨着转移到亮处的行进声。草叶阻挡风的声音。这些声音本来可以构成轰鸣，但树、草和泥土把声音过滤吸收了，使人的耳膜感到安适。人耳更适合听到和谐的声音，如乐器之大三和弦，或雨水声，敲玻璃杯声。敲玻璃杯声之悦耳极为奥妙——当，此音并不是一个音，还有回声，箕泛音。泛音发出最多的是鸟啼，一个音分出两层。最悦人的是小鸟唱时喉咙里仿佛有水没咽下去，行家叫"水音儿"。邢台一带管这种鸟就叫"衣滴水儿"。为什么是衣，而不是一呢？这一类的问题没地方问去，自己在心里闷着吧。

窗外是天地之籁，窗内是收音机的音乐和介绍性的德语。这个电台凌晨4点起播大作品，交响乐。下午播音乐会现场（有掌声）。晚上播小作品，如合唱、单簧管奏鸣曲、小提琴奏鸣曲。我比较听不进去的是主持人和音乐家的对话访谈，音乐家回答问题像吵架。

我在"静"里，觉得时间真正现出了本色，它们像脱光了外衣在溪水里游走，和市场里尖锐的时间、机场破碎的时间、官场沉闷的时间都不一样。静的时间干净，时间长。我像牧区的人那样放弃了手机、手表，看窗外揣摩时间。有时候，时间多到一堆，蹲在窗台上看我写作。我躺在床上，床单被褥洁白，觉得应该想点事情了，却不知想啥。家人劝我四处出游，比利时，法国，瑞士，我以为这么静静待着非常好。上那儿能找到这么安静、草香鸟啼的地方歇着？不好找，今日偏得了。

过青龙桥

　　青龙桥车站位于燕山长城的豁谷之间。如果说长城是龙,在青龙桥看长城,不如说此处的山是龙。山的这边那边就是塞外与中原。山势起伏如痛苦挣脱,像把脚踝磨出白骨来淌着血水的大锁链。长城修在这样的山上令人惊心动魄,或者说只有这样的山上才应修长城。修了长城,就像天神一鞭子抽到北方的脊背上,这疼痛永不消失。静下心看青龙桥的长城,在仿佛连山羊都攀越不过的山上怎么能修出这样高峻的城墙呢?

　　旅客在换车头的时候下车徜徉,月台边上堆着一垛垛方正的青石条。这时,天上飘下小清雪。在苍凉雄峻的群山城堞之间,小清雪们极其羞怯,落在地上蹑手蹑脚,仿佛怕惊动了什么人。然而,犹犹豫豫的小清雪还是结成疏松的白网,洒在地上,毛茸茸的。有的雪花化了,也只是湿了那么一小点的地方。

　　这里面确实有一些不寻常了。上车往前走,我才知道不寻常之处在哪里。

　　那是在山坳中,有两株杏花开了,一红一白,我大为惊奇。在北方,杏花不同南方的梅花,与雪绝不同一时令开放。雪中看杏花,令人说不出话来。杏树只有人的肩膀那么高,是灌木似的山杏树,枝丫横逸。杏花只有十几朵吧。温婉的清雪在树干上融化了,树干变成湿润的深黑色,而仰着脸的杏花显出娇贵。这都是列车掠过那一瞬的印象。

在这雄浑的流了几百年的血的山里,仿佛应有锋镝过耳,马蹄把石块踏出火星。让苍凉的胡笳声飘在俯身而死的战士们的脊背上久久不散。在这里看到清雪中的杏花,令人触目惊心。

再次停车的时候,窗边的石壁已变为干燥的土崖。这是一个忘了名字的小站,土坡上露出新鲜的黄土,那是庄稼人用马车拉走填猪圈积肥用的。在没被挖走的土坡上,长着一片片寸把长的枯干的小草。草色黄得如油画一般典雅,毛茸茸的。有一块草被野火烧了有磨盘大的地方,野火熄灭处一圈锯齿似的焦黑。似欲进欲退,那黑色非常触目。

铁 轨

我送阿如汉回赤峰,走过车站天桥的时候,从绿漆的木壁板的窗户里,看到了通向远方的铁轨。从这个窗口看,铁轨像白箭的河流,从脚下钻出去。

我喜欢看铁轨在远处转弯的样子,这使它更像一条道路。如果弯过去的铁轨被树丛遮蔽,感觉更有趣。火车将要开到一个很好的地方,那边应该有河与浮水的白鹅,老人站在石砌的院墙里的枣树下,向火车凝望。

车站只有两处地方阔气,一是站前广场,另一处是布满密密麻麻铁轨的站台。其间亮着红灯绿灯,糙声的喇叭里传来铁路的神秘指令:洞拐洞进8道。然后是沙沙的噪声。小时候,父母领我在午夜的新立屯下车,寒冷。我们高抬脚,横穿铁轨到站台上去,城市里没有灯火。喇叭里突然传出男声,说一串古怪的话,我学不了又忘不掉,大约是"喔噜喔哩,哩咚锵咚,咚,瓦里锵咚咚"。在冬夜里,显得十分突兀可怖,而且说完再也不语。我问父亲这是说什么,他沉吟少顷,说:"跟火车司机说事呢。"

眼下这座天桥还是日本人修建的,木制。踏上去,"咚咚"地抖颤，却未垮，真使人感到岁月倥偬。60多年来，有多少人埋头从这儿疾走，去远方或临家。

铁轨银白是车辆频驰的标记，而下面的枕木边上，仍有一蓬蓬的绿草。它无视于头顶隆隆的车轮，安闲地舒枝展叶。有些铁轨，只经一夜的雨水，就泛出黄蒙蒙的铁斑，好像说该歇歇了。在我的印象中，雪后的铁轨里黑辘辘的，是一道道包裹大地的绳索。

阿如汉现在已是一名商人，扛着沉重的货物在蚁密的人群中躲闪冲钻。然而他还是一个小孩儿，当说到货与款有所出入时，竟吓得脸色发白。

"舅舅，走吧。"阿如汉说。我们扛着货，到4站台等候开往赤峰的208次普快列车。

铁路的尽头

地图上，我的老家位于铁路的尽头。铁路修到这里不修了，或修不下去了，值得商榷。那时我还是少年，有一天背上军用水壶，揣干粮踏勘这件事。

赤峰在地图上是个圆圈，代表铁路的红线止于圆圈。事实却没这么简单，铁路经过车站又修了挺远。这一段在地图上不应该短于一韭菜叶。我想象的铁路尽头是这样的：它修到一座悬崖上，下面是万丈深渊，不能修了；第二种情况在平原，铁轨无端地停在某一处，边上立一牌子写道——铁路修到此处为止，×年×月×日。最后那根枕木如同漫长的行军队伍中末尾的士兵，我觉得那根枕木一定像老兵。第三种情形是在铁路尽头立一堵墙。从这边看，铁轨好像从墙底下穿过去了，从墙那边看并没有。这都是我想象的，实际情形可能更好看。总之，铁路的尽头——富有诗意，跟蛮荒、雄壮、神秘都有一些联系。

那一天我踩着铁轨往西边走，反正也没火车了，随便走。铁路的方向对着一座山。我认为这个思路对头，铁路修进山洞里，才是它真正的归宿。火车可以在山洞里尽情歇着，像个仓库。我走了很久，大约十华里吧，铁路沿山跟圆滑地拐弯了。它为什么不钻进山里？它简直在骗人。铁路沿着山脚绕了过去，还往前修？不拉人到这里干吗来？多大的浪费啊！在地图上，它超过圆圈大约有两个韭菜叶宽了，纯属多余。我继续向前走，铁路顺地球的漫圆下坡了，一点道理都没有。走到这一处，看到野兔。一只坐不远处看我，我追将过去捕之，这只黄野兔待我靠近才跑，当然比我快。非但快，它还坏。野兔钻进一丛灌木——待我冲进去才知道是荆棘。我像落在蛛网上的小虫被挂住了，衣服撕破两个口子。荆棘丛下面是蜥蜴的家，蜥蜴跳着冲进洞里，洞的嘴像吃面条一样把它吞进去。这儿还有大片的蓝莓。全世界没人知道这里有多到令人意外的美味的蓝莓。我盘桓一遭儿，再找铁路却找不到了。这是我所遇到的一个铁路失踪事件。既然星星在天空会失踪，简陋的铁轨也有这种可能。也可能没失踪，铁路派兔子引我于歧途。我衣衫褴褛回到家中，至今也不知所谓铁路的尽头是什么样子。

雅歌六章

一

山坡上,有一棵孤独的高粱,它的身边什么也没有,山坡的后面是几团秋云。高粱脚下的芟迹证明,伙伴们被农人割下,用牲口运走了。

那么,农人你为什么留下这一棵高粱?这是善良抑或是残酷,说不清。

高粱很高,兀自站在秋天的田野中,样子也高傲。它的叶子像折纸一样自半腰垂下来,又如披挂罗带的古人。叶子在风中哗哗商量不定。我想它可能是一位高粱王。

山坡下面是一条公路,班车不时开过。这是高粱常常能看到的景物。看这样的景物有什么用呢?对高粱来说,此刻它最喜欢躺在场院里了。

观看一棵孤独的高粱,能真切地看出高粱的模样。我站在它身旁,拉着它腰间的叶子握了握,想到它的主人,那个割地的农人。

我手握着这棵高粱向山下看,如同执红缨枪的士兵。撒开的时候,心情有一种异样,怕它跌倒,但它仍站立着,很奇怪。

我连连回头,下山了。

几年后的一日,下午闲坐,忽然想起这棵高粱。急欲买车票去看它,并为此焦躁。像这样一件奇异的事情,我怎么才能够想起来呢?

那一年的冬天，北风或飘雪的日子，高粱不知怎么样了，这确实是一种后话。

我想，我若是一个有钱的雕塑家，就在路旁买下一块地，什么也不种，只雕塑一棵兀立的高粱。不久，就会有许多人来观看。

二

我希望有机会表达一个愿望，然而这愿望很快被忘记了。今天的路上，我想起了它，并因此高兴。

赞美公鸡。

我很久没有见过鸡了，城里不许养鸡，菜市场一排排倒悬的白条鸡，不是我想看的那种。

古人愿意为世间万物诠释，即哲学所谓"概括"，并找出它们与人之间的联系。他们说，鸡有四德：守信，清晨报晓；斗勇，铩羽相拼；友爱，保护同类；华饰，通体漂亮。

我妻子属鸡，在本命年时，我把"鸡之四德"抄下送她。她除了"斗勇"一条之外，其他"三德"兼备，加上家政勤勉，也凑成"四德"。

我猜想"四德"的撰者在赞美公鸡而非母鸡。那么我再为它添上"一德"：好色，妻妾成群。

我原来漠然于公鸡的存在。小时候，尤戒惧于邻家篱笆上以一只瞎眼睥睨我的公鸡，它常不期然扑来啄我。

后来我暗暗佩服上了公鸡。

公鸡永远高昂着头，即使在人的面前也如此。脸庞醉红，戴着鲜艳的冠子，一副王侯之相。它在观察时极郑重，颈子一顿一挫，也是大人物做派。公鸡走路是真正的开步走，像舞台上的京剧演员，抬腿、落下，一板一眼，仿佛在检阅什么。当四野无物时，公鸡也这么郑重，此为慎独。

说到公鸡羽毛的漂亮，更为人所共知。"流光溢彩"这个成语可为其写照。尤其是尾羽，高高耸起又曼妙垂下，在阳光下，色彩交织，不啻一个激光防伪商标，证明是一只真公鸡。

公鸡身边环绕四五只母鸡乃寻常事。它只要雄赳赳走来，自然降服了母鸡的芳心。用不着像男人那样低三下四地求爱，还不一定成功。

当然公鸡也有缺点，鸡无完鸡。交配前，它将头垂在地面，张着双翅，爪子细碎踏动，喉咙里杂音吞咽。我不忍睹，肉麻。

前年我去新宾，见到了一只美丽的大公鸡。新宾是努尔哈赤的故乡，风情迥异别处，大气苍茫。那里，山势龙形疾走，山下河水盘绕而过，水质清且浅兮。人们的相貌多具满洲人的特点：宽脸盘，红润健康。

我在集市上发现了一只大公鸡，漂亮极了，体形也大于同类，羽毛霞映。我真想买下来，但不知怎样处理。我身担公干，而且涉及警务，不宜抱着这样一只美丽的公鸡拜谒长官，回到家里也不易抚养。

这公鸡无惧色地看着我，颔下的红肉坠一颤一颤。高贵呀，同志们！这是一只高贵的公鸡。

估计此鸡早已入镬。主人远它而去，不是嫉妒其贵族气质，而在于它下不下蛋。人类对于鸡类的逻辑是重女轻男。

三

我喜欢这样的句子——"四个四重奏"。

我希望在交织与错落中完成一种美。

比如,我愿意有一幅与喜鹊们合影的照片。在我看来,光是一个"鹊"字就比"雀"字高级,如同"雁"比"燕"辽远一样。

在这样的情境中,我希望用"合成"来表达这种需要。不仅与喜鹊们合影,又同它们"合成"一种意蕴。

在月台上,我等待一位久久未归的友人时,希望身旁有两只喜鹊。它们站在我脚下,或在离我不远的树上都行,构成同一画面。为了热肠的感觉,我膝下要有一只黄狗,它的嘴与眼俱黑,蹲在暮色的月台上。

就这样,我渴慕喜鹊。

曹孟德苍凉吟道:"月明星稀,乌鹊南飞。绕树三匝,何枝可依。"诗好,但我对用"乌"来状鹊有些不满。

我喜欢过比亚兹莱黑白画的装饰味道。此刻知道,喜鹊才是高超的黑白版画。

在克什克腾,目睹喜鹊在枝上落下,无疑属于吉兆,喜鹊的尾巴像燕尾服一样,在枝上翘了几翘,优雅。

美丽的喜鹊,版画的喜鹊,我们来合一个影吧!我已厌倦了人与人之间站立一排、咧着大嘴的合影。

四

西班牙音乐中的响板。

安德捷斯用吉他弹的《悲伤的西班牙》,旋律深情婉转,旋律线下行并顿挫，拉丁风格往往戛然而止，女人骤展裙裾，男子转腰亮相。令人想起他们对于古罗马雕塑的景仰。

在这首曲子中，两段之间的过渡是一串响板，嗒哒啦嗒。最后的一个"嗒"音，如静夜醒板，似画龙点睛，没有它是万万不能的。

嗒哒啦嗒，旋律再次演奏。

我反复听这首曲子，是为了与这一声响板遭逢。佛家所谓"醒板"，是为了使人开悟。我悟了，嗒哒啦嗒。

五

三相是我朋友，他是北京人，祖父和父亲都是名医，后来蛰居小城。

三相漂亮，脸膛白里透着浅红，黄而略灰的瞳孔散发着俄罗斯式的热情与豪放。当然，他是北京人。

我们小时候在一起玩过，交情却不深。后来他喜欢上我了，其中原因我不清楚。他很纯洁，而我孤独。一般地说，人们不喜欢我。

其中有一个原因在于，三相是聋人。他小时候，常用弹弓射击燕子。他奶奶告诫过他，不能打燕子，不然有灾。但三相还是把屋檐下的燕子打下来了。

"这是母燕子。"他对我说。母燕的遗骸在手上微温，羽毛的黑色里闪着异样的绿宝石般的光彩。

后来他聋了，说是游泳时耳朵进了水。这病连他爷爷都没给治好。

三相聋了之后，很少跟别人交流，因而他奇迹般地保留了北京口音。在我们那里，说普通话是受人讥笑的事情。然而，三相耳朵听不到别人的声音，依然满口京腔。

三相因为聋了，依然保持着儿时的语言系统，他不会骂人，因为他没听过骂人的话。我们说"果家"，他说"国家"；我们说"三卯"，他说"三毛"。我们很佩服他。

在冬天，我和妻子迎他进门，他从颈上绕着摘下紫红的围巾，那双黄而略灰的眼睛炯炯闪烁，讲述他关心的事情。

三相跑得极快。在学校的运动会上，他听不到发令枪声，看到别人跑出去之后再跃出，往往跑到第二名。

我搬家的时候，好多家具都处理了，但我没舍得那个书橱，这是三相打的。长大后，三相是一个木匠，我在大雨天推回这个书橱。它至今仍在我的房子里，成了女儿的书橱。

我希望三相到来，说一口北京话，眼睛炯炯有神。但是，到哪里去找他呢？

三相姓张，其兄为大相与二相。他姐二朵，是我姐塔娜的朋友。他小弟四相，堂弟五相。

六

我居所邻近有一所小学。

每天上午九点半或下午三点，孩子们从教室拥出做游戏，我的耳边便灌满欢呼。

在这片欢愉的声浪里，许多声音汇在一起而变为"啊"的潮音，偶尔有一两声尖叫，也是由于喜悦而引起的。

孩子们必在校园里奔跑环绕，他们不吝惜使自己的声音放肆而出，感染着街市，感染着像我这样坐在屋里的人。

路有走不完的路

比行路者更远的是远方的路。赶路的人独自跋涉,他抬头四望,看群山静立,旷野孤寂,松树在自己的影子里休息。在行路者前面继续走的,只有路。

路在山腰爬行,在平原奔跑,在山顶上瞭望,路的体能比山还好。赶路的车进城市里休息,旅人在路上回家;路仍然在路上,它的尽头是穿行不尽的尽头。

路像人的心念,像一卷铺不完的地毯,一直往前铺。让念头碾过荒凉和沙砾,自己催自己走。

路载的并不是自己,是行人车马。路只想变成更远的路,如同行走只是行走。路看过更多的荒凉。

一川乱石大如斗,寂寞野花战场开,这是路边风景。路看到孤松把石崖撑开裂纹,飞鸟从峡谷流过。高处的白云从路上撤退,去追赶山的转弯。

路在路旁休息,靠着石壁,因为江水咆哮而失眠。路在夜里睁大眼睛,却辨不清江对岸的山峰。

路看到的景物不光是山水,还有四季。春天,野花从低处渐渐爬上山坡，摊开自己的毯子。鸟儿的声音很小，口里仿佛含着草籽。春天的风在峡谷里冲撞，拍醒冬眠的树木。夏天的野草挤满了除了路以外的一切地方，草是夏天的传染病，让土地充满生的欲望。路所看到的秋季不光金黄，还有天的明亮，秋江如琉璃一般省略了波浪。冬天不是一个季节，是季节撤退之后的空寂，风雪前来驻扎。当草木的起伏和平坦消失之后，保留生机的只有路。

路是没有雄伟、没有花开、没有庄稼的河流。路只有漫长，路有走不完的路。路常常疲惫，路被无休止的延伸所困扰，为弯曲而晕眩，路是自己对自己的束缚。

从天空俯视大地，最生动的是那些路。数不清的路平直、消隐，又出人意料地出现在山巅。它们没有"们"，只是一条路。路会分身法，把自己撒开，看庄稼、看河水、看青蛙和树叶里藏着的小鸟，而后收拢，变成一个箭，穿越隧洞。

路纯朴，路没办法不纯朴，它们每天都风尘仆仆。风暴露了它们身上的骨头。鲜花开不到路上，路与娇柔无关，路每天都锻炼筋骨。

路在奔走中增加体力。路不是青年，也不是老年。它只比农民工年轻一点。路身体好，它暗地欣慰自己好就好在身体。多好的身体遭多大的罪，遭吧。路把稀奇古怪的坏心情扔进了山谷，路是情绪的主人。与快乐相比，它更愿意选择平静。平静尔后担当，才遭得起罪，也享得住福。路说，路不过是朴素，是遥远，是强壮，路有永远走不完的路。

我的鞋已经累了

忽然看到,我的鞋已经累了。

它在门口的水泥地上,和地毯上的拖鞋隔一道门槛。拖鞋天生有悠闲相。

我把皮鞋上的灰土拂掉,它仍然透露一种风尘仆仆的样子,鞋帮鼓鼓囊囊,鞋尖翘起,底有些偏。总之,我说不好它的表情,大约像一个采购员、车老板或精明倦怠的菜贩子。

我不是坐车那种人,也少骑车。除了跑步,我喜欢在桑园的腐殖土上踩过,嗅那里的香气。我的双腿已如南怀瑾所说"走透了"。走透了之后,就感到自己成了另一种人,高攀地说,我已经能够读出惠特曼和泰戈尔诗中匆匆的脚步声。

寻几个盒子把鞋放进去。你们睡吧——我对鞋说,这几天,我哪儿也不去了。

钟 声

在音乐中,离生活最近的是钟声。换句话说,在生活与劳动产生的音响里,唯有钟声可以进入音乐。

人常常把钟声当作天籁,它悠扬沉静,仿佛是经过诗化的雷声。在城市上空,在由于烟尘环绕而使太阳一轮金红的晨间,钟声有如钢琴的音色,让半醒的奔波于途的人们依稀回忆起什么。像马斯涅的《泰依斯沉思曲》,不是叙说,而在冥想。人们想到钟声也刚刚醒来,觉得新的一天的确开始了。在北方积雪的早晨,钟声被松软的、在阳光下开始酥融的雪地吸入,余音更加干净。有时候想,倘若雪后之晨没有钟声,如缺了些什么。索性等待,等钟声慢慢传过来。这就像夏日街上的洒水车驶过,要有阳光照耀一样。

钟声可亲,它是慢板。它的余音在城市上空回荡,比本音更好听,像一只手,从鳞次栉比的屋舍上拂过,惊起鸽子盘旋。如果在山脚听到古寺传来的钟声,觉得它的金属性被绿叶与泉水过滤得有如木质感,像圆号一般温润,富于歌唱性。当飞鸟投林,石径在昏暝中白得醒目之际,钟声在稀薄的回音中描画出夜的遥远与清明。在山居的日子里,唯一带不走的,是星星,还有晚钟。

在晚钟声里，星星变大了。每一声钟鸣传来，星星一如激灵，像掉进水里，又探出头。那么，在天光空灵的乡村之夜，光有星星而无钟声，也似一种不妥，像麦子成熟的季节，没有风拂积浪一样。

如果用人群譬喻，钟声是老人，无所谓智慧与沧桑，只有慈蔼。那种进入圆融之境的老人其实很单纯，已经远离谋划，像老橡树一样朴讷，像钟声这么单纯。自然，这是晚钟，是孩子们准备了新衣和糖果，焦急等待的子夜的钟声。在昼日，钟声是西装尚新、皮色半旧的男人，边走边想心事。总之，随你怎么想，钟声都能契合人的心境。

一个没有钟声的城市，是没有长大的城市。在喧杂之上，总应该有一个纯和的、全体听得到的静穆之音。

每个人都欠地球的债务

以碳排放量观察人类的活动，会看到许多不公平或者叫愚蠢。比如说，人看一朵鲜花好看，看也就看了，鲜花不会长到你头上，你也变不成花站在泥里。而如果大施机巧，用彩缎织上花之纹样，穿在身上，实在不必要。穿了花衣服的人仍然是人而不是花，而彩缎的产生，也是碳排放量的产生。

鲜花的彩缎仅仅是一个小寓言，人类自作多情的事情多不胜数。2008年，我应德国外交部邀请，驻访斯图加特一个月。这里是大众、保时捷和宝马的故乡，但街上车并不多，比人们想象得少得多。斯图加特的市民不是买不起车，他们认为——只为了一个人或两个人的出行开一辆车上街，有悖环境伦理，太嚣张太过分了，付出太多的碳排放量。所以，当你来到斯图加特的地铁和轻轨站，发现人比罐头里的鱼还多。汹涌的人流在公共交通工具里面，减轻心里挂念的欠地球的债务——排碳。

在那里，我明白了"小气"的德国人在所有灯座上安装节能灯的缘由——减少碳排放，也明白他们夜晚的城市常常没什么灯光，像防备空袭一样，都是为了减碳。灯光通明的城市有什么好？给谁看？通明的代价是什么？

如果灯光通明的代价是个人多支付电费，或商家、政府多支付电费，那只是小代价。大的代价也是不可逆的代价是煤转化为电，大量排碳，无辜的地球承担了太多的温室气体。

在斯图加特，许多人骑自行车飞驰于绿色的乡野，他们宣扬的实为一种新道德，即出行不排碳的道德。如果道德可以分为大道德和小道德，小学生见老师敬礼只是小道德，随地撒尿也只是小的不道德，最大的道德是人对地球的责任。俭朴是长远的美德。

责任这个词非指人建设地球，千万不要再对地球施以建设，责任是说人对地球生态的尊重，核心是减少碳排放量。人活下去，也让地球活下去。责任的含义还包括：减少、延缓以及停止人对地球所欠下的高额债务，人人过一种少碳或无碳的生活。

从这个思路说，人可以检点的地方太多了。举例说，我长期使用打印机纸的正反面，跟钱无关，跟环境有关。人之写字，已经有些多此一举，白纸只用了一面就扔掉，未免可惜。还有，我卖报纸的时候，捎带好多纸盒，比如牙膏、药盒的纸包装。为此，我受到收废品人的讥笑，他们说，100个牙膏包装盒也卖不了一块钱，你怎么这么贪财呢？随他们说，我心里有数。这些小包装如果随垃圾扔掉，将身陷万劫不复之地，卖纸，还可以化为纸浆再利用，背一个"吝啬"的骂名值得。这些零零碎碎的小纸盒曾经是树，凭什么躺到垃圾堆里？

当然，这个话题可以越说越大。我的一个朋友承包了辽宁大厦的垃圾，垃圾有什么值得承包的呢？因为这里每年有无数会议召开，垃圾口每天吐出散会之后的小山般的会议材料，A4 或 B5 的纸张。少发或不发材料，让写材料的人写得短一些都属于美德，也算公益事业，都符合人对地球所承担的伦理责任。

排碳，当然不只是坐小汽车、点白炽灯、扔掉牙膏包装和材料写太长造成的，过度的衣食住行都导致过量排碳，这只是就人的生活而言。而经济格局里面落后的设备、多余的产能正在导致更多的碳排放。

这是一些看得见的现象，人们心里都明白，只是还没有形成减碳的习惯，因为我们还不觉得多碳是极大的不道德。

第二辑

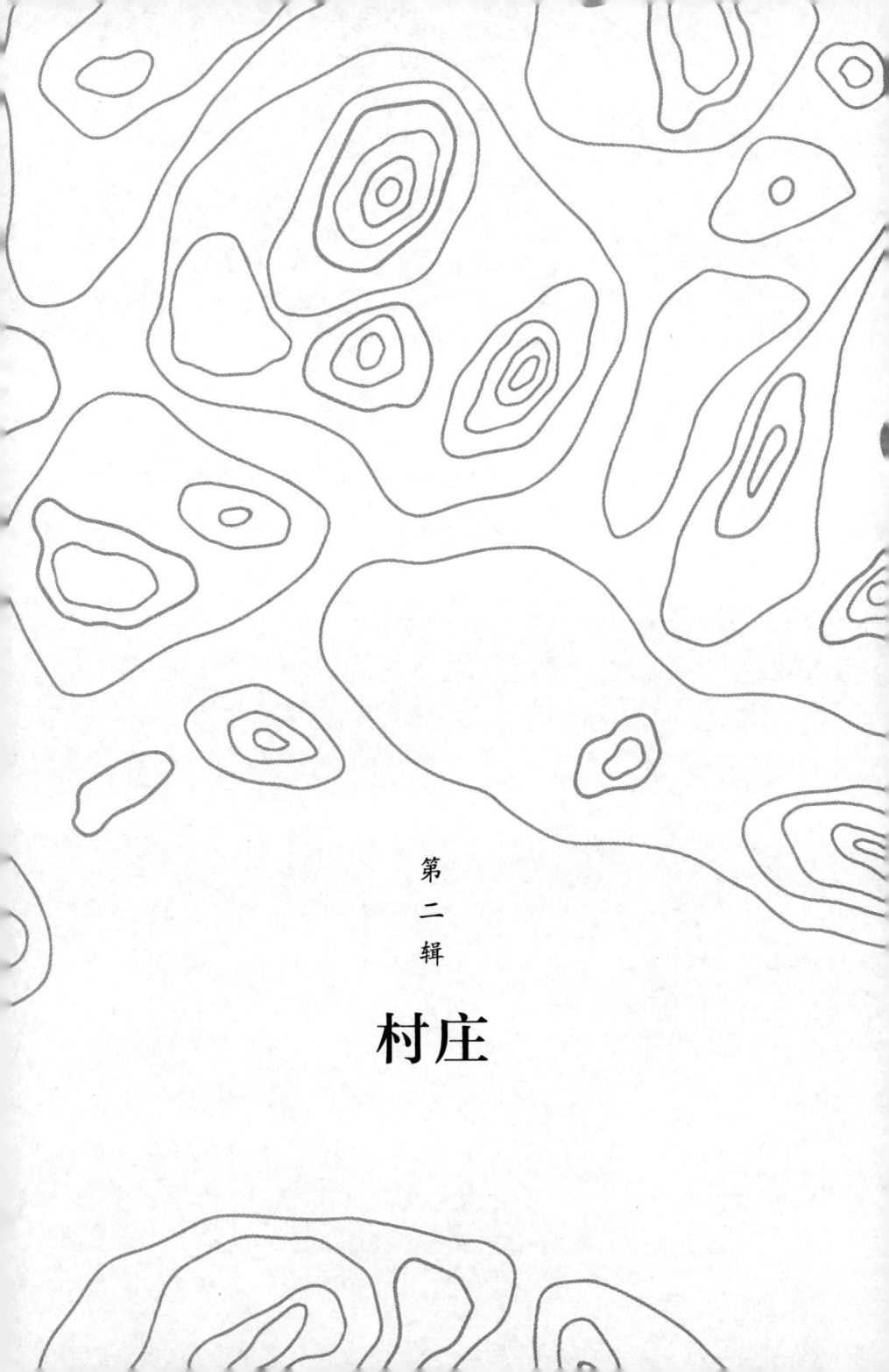

村庄

白银的水罐

井是村庄的珠宝罐。井里不光藏着水,还藏着一片锅盖大的星空和动荡的月亮。

井的石壁认识村庄的每一只水桶。桶撞在石头的帮上,像用肩膀撞一个童年的伙伴,叮——当,洋铁皮水桶上的坑凹是它们的年轮。

那些远方的人,见到炊烟像见到村庄的胡子,而叫作村庄的地方必定有一口井,更富庶的地方还有一条河,井的周围是人住的房子。在黑夜,房子像一群熊在看守井。没人偷井,假如井被偷走了,房子就会塌。

井为村庄积攒一汪水,在十尺之下,不算多,也不少。十尺之下的井里总有这么多水,灌溉了爷爷和孙子。人饮水,水进入人的血管,在身体上下流淌,血少了再从井里挑回来。村里的人有一种类似的相貌,这实为井的表情。

井用环形石头围拢水。水不多也不少,在清朝就这么多,现在还这么多。村里人喝走了成千上万吨的水,水不增不减,不垢不净。多少人喝够了井水翘胡子走了,降生面貌陌生的孩子来喝井里的水。井安然,不喜不忧,在日光下只露出半个脸——井只露半个脸,另半个被井帮挡着——轻摇缓动。井里没有船，井水怎么会不断摇动？这说明井水是活的，在井里辗转。在月光下睡不着觉，井水有空就动一动。

村民每家都有财宝罐，都不大，放在隐秘的地方——箱子、墙夹层，甚至猪圈里。而全村的财宝罐只有这口井，它是白银的水罐，是传说中越吃越有的神话。水井安了全村的心。

水井看不到朝暾浮于东山梁，早霞烧烂了山顶的灌木却烧不进井里。太阳和井水相遇是在正午时光，它和水相视，互道珍重。入夜，井用水筛子把星斗筛一遍，每天都筛一遍，前半夜筛大星，后半夜筛小星，天亮前筛那些模模糊糊的碎星。井水在锅盖大的地方看全了星座，人马座、白羊座，都没超过一口井的尺寸。

井暗喜，月亮每月之圆，是为井口而圆。最圆的月亮只是想盖在井上，金黄的圆饼刚好当井盖，但月亮一直盖不准，天太高了。倘若盖不准，白瞎了这么白嫩的一个月亮。太阳圆，月亮圆，谷粒圆，高粱米圆，大凡自然之物都圆。河床的曲线、鸟飞的弧线，自然的轨迹都圆。人做事不圆，世道用困顿迫使他圆。圆的神秘还在井口，人从这一个圆里汲水，水桶也圆。人做事倾向于方，喜欢转折顿挫，以方为正。大自然无所谓正与不正，只有迂回流畅。自然没有对错、是非、好坏。道法自然如法一口井，大也不大，小也不小，不盈不竭，甘于卑下。

大姑娘、小媳妇是井台的风景。大姑娘挑水走，人看不见水桶，只见她腰肢。女人的细腰随小白手摆动，扁担颤颤悠悠。井边是信息集散地，冒人间烟火，有巧笑倩与美目盼，孩子们围着井奔跑。村里人没有宗教信仰,井几乎成了他们的教堂。但没人在井边忏悔,井也代表不了上帝宽恕人的罪孽。但井里有水,水洁尘去污,与小米相逢化作米汤,井水可煎药除病。井一无所有,只有水。一方水土养一方人,水说的是井与河流,土是耕地。对树和庄稼来说,井是镶在大地上的钻石。鸟不知井里有什么,但见人一桶一桶舀出水来,以为奇迹。春天,井水漂浮桃花瓣。入井私奔的桃花,让幽深的水遭遇了爱情。花瓣经受了井水的凉,冰肌玉骨啊。从井里看天,天圆而蓝,云彩只有一朵。天阴也只阴一小块,下雨只下一小片。井里好,石头层层叠叠护卫这口井,井是一个城。

井是白银的水罐,井水变成人的血水。井无水,村庄就无炊烟、无喧哗、无小孩与鸡犬乱窜。庄稼也要仰仗井,井水让庄稼变成粮食。人不离乡,是舍不得这口井。家能搬,井搬不了。井太沉,十挂马车拉不走一口井,井是乡土沉静的风景。

马 灯

　　那年我到坝后，干什么去已经忘了，但脑子里挂记着那盏马灯。我们住在大车店的一铺大炕上，睡二十多人，都是马车夫。白天，我和主车夫老杜套上我们的马车，拉东西。把东西从这个地方拉到那个地方，好像拉过羊圈里的粪。那羊圈真是世上最好的羊圈，起出二十多厘米厚的羊粪，下面还有粪，黑羊粪蛋子一层一层地偷偷发酵，甚至发烫，像一片一片的毡子，我简直爱不释手，并沉醉于羊粪发酵发出的奇特气味中。晚上，我们住大车店。

　　大车店没拉电，客房挂一盏马灯，马厩挂一盏马灯。晚上，车夫们掰脚丫子，亮肚子，讲猥亵笑话。马灯的光芒没等照到车夫脸上就缩在半空中，他们的脸埋在黑暗中，但露着白牙。不刷牙的车夫，这时也被马灯照出洁白的牙齿。苇子编的炕席已经黄了，炕席的窟窿里露出炕的黑土。脏脏的看不出颜色的被褥全在马灯的光晕之外。房梁上，悬挂着一尺左右，像暖瓶一样的马灯。灯的玻璃罩里面的灯芯燃烧煤油。花生米大小的火苗发出刺目的白光，马灯周围融洽一团橘黄的光芒，仿佛它是个放射黄光的灯。马灯的玻璃罩像电吹风的风筒，罩子四周是交叉的铁丝护具。装煤油的铁盒是灯的底座，可装二两油。

蛾子在屋顶缭绕，它们靠近灯，但灯罩喷出的热气流把它们拒之灯外。不久，车夫们响起鼾声，这声音好像是故意发出的极为奇怪的声音。你让一位清醒的人打鼾，他发不出梦境里的声音，他忘记了梦中的发声方法。有人像唱呼麦一样同时发出两三个声音，有低音、泛音和琶音，有许多休止符使之断断续续。有人在豪放地呼出噜之后，吸气却有纤细的弱音，好像他嗓子里勒着一根欲断的琴弦，而且是琵琶的弦，仿佛弹出最后一响就断了，但始终没断。打呼噜的人大都张着嘴，但闭着眼。他们张嘴的样子如同渴望被解救出来。我半夜解手回屋，背手踱步，在马灯的光亮下视察过这些打鼾的车夫，洞开的嘴还可以寓意失望、吃惊和无知。他们是够无知的，把这个村的羊粪拉到另一个村的地里。其实，我看到那个村也有羊圈。那时候，农村里的一切都归公社所有，拉哪个羊圈的粪都一样。就像一家人，把这个碗里的饭拨到那个碗里一样。车夫们睡姿奇特，如果在他们脸上和身上喷上一些道具血，这就是个大屠杀现场或先烈就义图。有人仰卧，此乃胸口中弹；有人趴着，背后中弹。有人侧卧并保留攀登的姿势，证明他气绝最晚，想从死人堆爬出去报信但没成功。

即使不解手，我也希望半夜醒来到外面看看夜景。夏夜的风带着故乡性，它从虫鸣、树林、河面吹来，昆虫在夜里大摇大摆地爬，爬一会儿，抬头看看天上的星星。月亮瘫痪在一堆云的烂棉花套子里。我看到夜越深，天色越清亮。接壤黑黢黢的土地的天际发白。可见"天黑"一词不准，天在夜里不算黑，有星星互相照亮，是地黑了。被树林和草叶遮盖的地更黑，这正是昆虫和动物盼望的情景。在黑黑的土地上，它们瞪着亮晶晶的眼睛彼此大笑。夜风裹着庄稼、青草和树林里腐殖质散发的气味，既潮湿又丰富。我回屋，见马厩里的马灯照着马。木马槽好像成了黑石槽，离马灯最近的那匹马大张着眼睛往夜色里看。灯光照亮它狭长的半面脸颊，光晕在它鼻梁上铺了一条平直的路。马在夜色里看到了什么？风吹了一夜却没有吹淡夜色。那些踉跄着接连村庄的星星就像马灯。喝醉了的大车店老板手拎马灯，如同拎一瓶酒。他走两步路，站下想一想，打一个嗝。青蛙拼命喊叫，告诉他回家的路，但他听不懂。夏夜，马灯是村庄开放的花，彻夜不熄。马灯的提梁使它像一个壶，但没有茶水，只有光明。马灯聚合了半工业化社会的制作工艺，在电到来之前，它是有性格、有故事的照明体，它是移来移去的火，是用玻璃罩子防风的火苗之灯。它比蜡烛更接近工业化，但很快又变成了文物。马灯照过的模糊的房间，现在被电灯照得一览无余，上厕所也不必出门了。

针

　　像母亲领着孩子的手,穿过厚厚的云层。对往昔的追念,让人凝视那些斑驳的岁月,让往事像花朵一样开放,使我们看到静置在老日子最下面的那些东西,包括母亲手里的针。

　　针拿在母亲的手里,当母亲把目光转过来的时候,是关于"家"的最贴切的油画构图。妈妈目光柔和,拿针的时候,她的面庞和姿态告诉人,什么是宁静安详。当母亲专注于膝上一件衣衫的连缀时,把这个画面和其他专注的事情相比:医生专注于伤口,账房先生专注于算盘,士兵专注于瞄准。让人觉得天下最为柔顺善良的人,莫过于母亲了。

　　针在家里是最小的什物,因此母亲藏针的时候最为认真,不是珍贵,而在它太容易丢失了。这一枚光滑尖锐的利器,却丝毫没有兵刃的悍意。它在刀剪的家族里,也是一个女人,身后总带着儿女。那些绵绵的白线,被它缝在被子,包括膝盖的补丁上。像一串洁白的、小小的足印。在家的王国里,针线与棉花布匹生活在一起,一起述说关于夜、体温和火炕的话语。这些话被水洗过,被阳光晒过。阳光和水的语言被远行的孩子带到了异乡。

我回想下乡和结婚的前一夜，母亲都在灯下缝被子。我想起，那些棉被是早已缝好的，她是又拿出来，加密针脚。加密针脚并没有特殊的用途，谁都不会盖坏一床被。但母亲所能做的只是这些了。在命运面前，她并不能做什么。儿子虽然是自己的，但仍要被命运之手领走，领到远方。母亲的语言与针线的语言一样，绵绵密密但素朴无声。当孩子远行，当柔软的棉被和线一起到达的时候，母亲的手里只剩下一根孤零零的线。

母亲把它小心收起来，放在炕席下面，或别在布包上，针尖向里。其实儿子大了，已不在身边，已经不用担心他淘气耍，刺破手尖。

现在年轻的家庭，恐怕已经找不到针了。城里没有针，没人缝补旧衣。年轻的母亲给孩子准备的是成摞的买来的衣服。在城里，和针一起失去的，还有朴素的诗意和许多难忘的场景。

门

如果说，摇篮是童年的象征，一杯热茶是温暖的象征，启动的车窗上握紧的手是友情的象征，家的象征，是——

门。

门的朴素的脸上，写着我们的寄托、欢喜和庇护。在心底抹不去的记忆里面，清晰地记得门的表情。

当受了委屈的孩子，从外边跑回家，双手刚刚拍到门上时，便开始大哭。在这里，门划分了"他们"和"我们"。从门开始，生活呈现的是另外的世界。

儿童初窥世事的时候，用肩膀倚在自家的门上往外张望，仿佛那边是海，这边是岸。

在暗夜里回家，推开门，先看到母亲在油灯下抬起的脸，她咬断缝衣的线，从锅里端出温热的饭菜。后来，我想到母亲时，白发、端碗的浮筋的手，和门上木纹的肌理叠印在一起，在乡愁的心海上幻化。

靠在家的门上，可以痛哭；可以蹲在它的脚下，以指尖蘸唾沫翻小人书；可以用粉笔在上面画线，看自己长了多高。推开门之后，传来"吱呀"的回应，这是家的歌声。站在门边上，如同站在父兄的脚下。

"文革"中，父亲被拘押。母亲"办班"，每天深夜返回。那时，我和姐姐常常夜深了还不敢睡觉，在被窝里等待敲门声。轻轻地拍门的声音，使我们在无数夜晚一跃而起，抢着给妈妈开门。那时候，开门就有妈妈。

有一年，我们全家从"五七干校"返回。使我眼湿的，是看到了我家的门。它淳厚，蓝漆里面隐约透出地图似的木纹，像老友一般蔼然。我感到，对家的渴念，包括秘密与惊喜，都包含在见到门的最初一眼里面。

离家远行时，回首，目光流连的地方包括家里那扇门。我们从外面所能看到的家，只有门。

如果回家，阔别之后的柔情会在抚到门的那一刻激发。拍一拍它，心里蓄足期待。门的后面，包括门，是我们的家。

墙

命运选择那些土垒在一起,堆为泥墙。它们的躯体就是它们的肩膀,它们没有四肢,只有肩膀。

泥土肩扛自己的兄弟,对垒雨、对垒北风、对垒最强大的敌人——时间。风拿这些土已经没什么办法,它们是墙。

北方有望不尽的墙,它们是院子的边界,是房的框架。灰白色的墙被风刮走了皱纹,墙是村庄最老的老人,是家的外壳。

我去过的一些遗址,如辽上京、准格尔汗国古城,那里一无所有,却留存着当年的墙。所谓断壁残垣说的也是墙。人早没了,繁花胜景没了、屋顶没了,却有墙。它们是一些低矮、毫不起眼、凸起于地面的泥土屏障,但非土丘,而是墙。在好多遗址,砖垒和石垒的城垣瓦解了,砖石没了踪影。土墙依旧在,长在大地里,土与地的联系比砖石更紧密。

我觉得墙上长着眼睛,没有一堵墙不在向外看、向里看。荒野上的人远远看见一处院落时,院墙和屋子的墙早就看到了你。就像藏在草丛里的动物早就看见在道路上行走的人。墙的眼睛细长,它在风里眯惯了眼睛,它打量过往羊群、骆驼队、独狼和流浪的人。墙认识自己的家人，它虽然不能动，却想像狗一样扑过去，围着家人转上几个圈儿。

房子上有墙的眼睛，看人度过几辈子。墙看到孩子在炕上翻滚成大人，看他们在炕上拉屎撒尿，吃饭喝粥，娶妻生子，数钱吃肉，然后卧病蹬腿。墙看到的人是炕上的动物，像人看羊圈里的羊。墙看人在土屋里高兴、流泪、讲理和不讲理，看见人在欲望里轮回，既相信真理又依赖愚昧。房子不过是四堵墙，用木头和泥巴做屋顶挡住夜空和雨水。开窗射进光线，开门出入家人。人一旦垒起这四堵墙就不愿意拆掉，墙窒碍了人的脑子。他们把好东西搬进来，把钱放在炕席底下。垒墙的人不如住帐篷的人自由。帐篷的墙是毯子和布的帐幔，在风中鼓动。墙僵硬，墙与时光死磕到底，墙被人扒了屋顶和窗户还是墙。墙的土一旦当上墙就再也长不出庄稼，开不出花朵，吸收不了水分，不再与季候一道度过立春、雨水、惊蛰与清明。墙年纪轻轻就成了老人，墙只会站立，墙做的事情是阻挡。

墙是一堵干燥的泥巴所宣示的领地，墙里墙外裁定财产与情感的归属。墙怎么能建立一个家？人的心念从这堵干燥的泥中穿来穿去，干燥的泥没办法让人心安稳。墙让流动变成静止，让目光停留在土上。人年轻时都有过拆墙的念头，年老了都想把墙加高。墙是人所需要的泥土的皮肤，人待在自己家里，穿着墙的皮肤入眠。人一方面盼望自己的思想如水一般自由流动，另一方面筑立更多的墙把自己与他人分开。仰视一座摩天高楼，想不出楼里有多少堵墙。人们在一堵堵墙里悲欢离合。人的终身伴侣是什么？不是人，而是墙。人类最早广泛应用的发明是墙而非其他。

  乡村的墙头是鸟儿和小猫的乐园。小猫在墙头袅袅行走，俯瞰下界，不让君王。鸟儿成排站立墙头创造风景。我尤怜惜那些墙头的青草，命运让它们在这里生存，得到最少的雨水，迎接更多的风。墙头草觉得自己是勇敢的卫士，为主人看家护院。青草从来匍匐于地，而墙头草高出地面五尺。人把墙头草当作坏词使用完全是强词夺理，草随风势偃伏乃自然之道，怎么是机会主义？用自然现象比附人是语言的通病。

  信息时代拆除了什么？它在拆一切墙。有人看到了他平时看不到的东西，有人暴露了他不想暴露的东西。墙不仅是疆域领地，墙还是等级和智愚的分野。人弄不清自己脑子里有多少堵墙，人一边拆脑子里的旧墙一边建新墙。在许多情形下，墙就是强，强权、强大与强势。东欧旧政权解体后，人们推倒柏林墙绝不仅仅是一个象征。互联网是人类历史上最大的拆墙手，它把墙的强大化为粉末。失去墙即失去阻隔也失去庇护。墙是立于眼前的四壁，墙将永久存在，它是伟大的分类法，是秩序与安全岛，墙是囚禁，墙是红杏的梯子。

碗

碗的事也不是小事。以前上别人家吃饭——吃馆子是这几年的事，20世纪80年代末期，人们才普遍下馆子，然而这是说我老家——吃饭的人来到别人家，居于席前，先看碟子碗。看啥？家境荣枯，盘盏系于一半。细瓷为好，细瓷而又成套的碗，表明日子过得已经发达。

飨饭多在正月。互相请，真个是人人为我、我为人人，互济会。在风和日丽的正月，谁家大白天不晃晃悠悠踱入一大帮食客，用上海话讲是"没面子"。这帮人穿着呢子大衣，穿风衣，戴礼帽，戴人造毛的水獭皮帽，过本命年的人从裤脚和皮鞋间露出鲜红的袜子。他们高声问候，四邻俱知。主人惊喜地出来迎接，其实相互见过八百遍了。但这是过年，是请客。"客"字在吾乡读"且"，上声。"且"们带着一肚子关于这顿酒菜的美好构思，晃晃悠悠进院。入门，夸赞主人家里干净，对过年新添的摆设表示惊讶。说说入席。

入席，筷子碗都摆上来，叮当清脆入耳。一盘子鸡，一盘子鱼，一盘子扣肉。上述为"硬"菜。其余的，为表丰盛，其格式如"×炒×"，即肉炒芹菜、炒白菜、炒角瓜、炒黄瓜、炒白果、炒柿子、炒菠菜、炒咸菜、炒辣椒、炒豆角、炒韭菜、炒疙瘩白，前边的肉炒后面各类蔬菜。

满满一桌子，丰盛，毕竟过年了。这景象让"且"高兴。菜在过年的主要功能是观瞻，谁没吃过菜？这些日子吃都吃不动了。但，菜少了不行，不热情，甚至不吉利。不富裕就是不吉利，炒这炒那证明富裕着呢。

整两拳？

整两拳吧。"且"们问答。

拳不是泰拳与太极拳，更不是猴拳，乃酒戏。把食指、中指、无名指在"×炒×"的上方伸缩弯曲，口爆数码，输者笑嘻嘻地喝下，再划。碗们，在桌上仪表堂堂。即便不是新碗，也被女主人用碱水洗得干干净净。沿儿有两道蓝杠的粗碗、描画富贵花卉的细瓷碗，更富的人家里，碗绘金边儿，即如今微波炉禁止使用的那种。在席上，你看吧，盘拱鸡鸭，碗中清虚。一看，盘子是为碗服务的。碗上担一双筷子，尊贵。这家人无论怎么忙乎，切菜、剖鱼、下饺子，都是为了进入这个碗。再往大了说，人辛苦一年，为的是碗里要啥有啥。

碗舀日子。端起了碗，就得让日子过下去。多难也得过，啥空也不能让碗空了。你看这小碗，一下一下，盛走了多少光阴岁月，掏尽了多少座尖尖的粮仓。人回家，端起碗说的是家常话、老实话，向家人吐露。碗在装了那么多粮食之后，也装了不少的话。有碗，就有绵绵不断的生活。对我来说，用不惯自助餐的金属托盘，也不爱用方便饭盒。我就爱端碗，左手端起碗，右手攥一双筷子，心里踏踏实实。这情景是人一天中最好看的姿态之一。

擀面杖

用擀面杖擀牙膏皮的时代过去了。

擀牙膏皮是为了节俭，用手捏挤不净的牙膏残余，用擀面杖在案上一滚之后，牙膏皮挤板整了，余膏全聚集于前。这时，把牙膏皮折成三叠，继续使用。

擀面杖是北方人擀面条和包饺子用的，多用枣木制成，有长短两种。贩子们将其他杂木制成的擀面杖漆红油，也谎称"是枣木的"。有人还用擀面杖打孩子，但擀面杖只是他们追赶时握在手里的一种威权，并不能下手。在乡下，打孩子较好的工具是鞋底子，既痛又不致残，往屁股上拍。当坐在炕头上的父亲怒上心来，咬紧牙根啐骂"我×——你个……"的时候，他已经动手脱下一只鞋，当最后骂出"妈"字时，那鞋已"啪"地落在孩子腚蛋子上，孩子身体向后一弓，仰面"哇"地嚎起来。

"文革"中看电影，观毛泽东接见非洲一带的外宾。乡下人用烟袋锅子点划银幕上的外宾："那家伙腋下夹的什么玩意？擀面杖？"

寡闻。哪有那么细的擀面杖，说高粱秸还差不多。

在那个年代，用擀面杖擀牙膏的仍是少数人，因为在那个地方多数人都不刷牙。想刷牙而企图更节省的，就用牙粉。没有钱但真正懂得卫生常识的人，用盐水刷牙。

我小时候刷牙，以为这只是为了牙齿洁白好看，所以只扫前面的大板牙。把后槽牙刷了，人家也看不到，岂不可惜。乡人说："你看人家猫狗从不刷牙，牙照样白。"猫狗的牙的确雪白无比，且无龋齿，狼也是这样。它们是食肉性动物，无牙垢。咱们杂食，尤其常喝玉米面粥，不刷哪儿能行。

鞋

很久没见一边走路一边磕鞋的人。

除非在乡村大路。高高的杨树如用鸭蛋青绸子裹住躯干,在薄薄的蓝天下,点染静谧的繁华。

道是走不完的。乡间的行者不像城里人双手插在兜里,他们手里要拿一样东西:锄头、锹或一篮鸡蛋。这些东西无论在肩上、肘弯、手里,总催人快行。

说不准哪时,有人站下,扶树,脱下一只鞋磕土,甩出土来,勾着脚,手掌托鞋,平端眼前,看里面有没有土。

钻进鞋壳郎里的,是新鲜湿润的活土。这人贪图近道从麦地里走过,从蝴蝶翻飞的菜地走过。暄软、被太阳晒得洋洋得意的土,钻进鞋子,给他洗脚,跟脚趾捉迷藏玩儿。土香,有肌有肉,不像死土——城里随风旋走的浮尘。乡村的土在鞋壳郎里被踩成泥片,这是磕鞋的人眼里看到的,裂成片儿,磕出鞋外,洒在砂石的乡村大道上。鸟儿在树上盯着这些土片惊讶:土怎么上这儿来啦?而行路人的身影远了,和庄稼融混一遭。

磕土的鞋不会是皮鞋。家做的,由母亲或嫂子一锥子一线纳出来的鞋，才会钻入黄土。她们用锥子在鞋底钻眼儿，是一个女人所用的最大力气。在乡村，你看哪家针线笸箩里的锥子把不像白金一样闪闪发光。麻绳穿过鞋底的时候，以手拽，用牙咬。就此，鞋底子写满了密密麻麻的字。这些字，闪着棕白色的光，最终伏在庄稼人的脚底板下。你说庄稼人怎能不风雨如仪？这是亲人给你挂的一副掌。

旧时的游子远行，行囊只有斜系在背的一双新鞋。脚下一双，背上一双，天涯就这么走了过来。睡觉前，珍惜地脱鞋，对合，枕在头下进梦。梦里有蝈蝈声、蛐蛐声、公鸡打鸣与柴火毕剥声以及老母亲没有拢住的那绺白发。

养蜂人

当城里人为夏夜的溽热辗转反侧时，养蜂人早在星月之下的窝棚里盖着被子入睡了。风把露水的凉气收入山谷，三伏之夜，凉可砭骨。在城里所谓桑拿天的早晨，养蜂人于黎明仍然披一件薄棉袄。人多的地方发热的是人，人少的地方清凉来自草木。

早晨的白雾退去，茂密的苜蓿草里露出蜂箱的队列，褐色的木头被露水打湿。蜜蜂等待阳光照亮山野之后才飞出箱子，露水打湿了花蕊，蜜蜂下不了脚。露水干了，太阳把花晒出了蜜香。

养蜂人戴着网眼护帘的斗笠，开始放蜂、取蜜、换蜂蜡，蜜蜂成团飞在空中。齐白石画蜂以清水晕染蜂翅，每每说"纸上有声"。对蜜蜂小小的体积而言，它发出的噪声相当大，跟小电风扇差不多。嗡嗡之声和里姆斯基-科萨科夫的《野蜂飞舞》并无二致，野蜂的翅鸣更大。

养蜂人穿的衣服并不比麦田稻草人身上的衣服更讲究，比草木的颜色都暗淡。在山野里，劳动者比草木谦逊。山野是草木的家，人只是路过者。没人比养蜂人更沉默，语言所包含的精致、激昂、伪诈、幽默、恶毒和优美在养蜂人这里都没有了，语言仅仅是他思考的工具，话都让蜜蜂的翅膀给说完了。

养蜂人从河里汲水，在煤油炉上煮挂面，没电视。我一直想知道十年不看电视的人是什么样子，他们的心智澄明。电视里面即使是最庄重、最刻意典雅的节目，也是造作的产物。电视对一切都在模拟，不仅新闻在模拟，连真诚也是模拟和练习的产物。而养蜂人一生都围着蜂转，心中只想着一个字：蜜。

天天想蜜的人生活很苦。他们被露水打湿裤脚，在山野度过幽居的一生。他们知道月上东山的模样，见过狼和狐狸的脚印，扎破了手指用土止血，脚丫缝里全是泥土。他们熟悉荞麦地的白花，熟悉枣树的花，熟悉青草和玉米高粱的味道。他们身旁都有一条忠诚的老狗；他们把一本字小页厚的武侠书连看好几年；他们赚的钱从邮局飞回老家；他们不懂流行中的一切时尚；他们用清风洗面，用阳光和月色交替护理皮肤；他们一辈子心里都安静；他们所做的一切是换来蜜蜂酿的、对人类健康有益的蜂蜜。

媒体说，几乎所有的蜂蜜都是假的，用白糖和陈大米加化学添加剂熬制而成。

可是蜜呢？蜜去了哪里？没人回答这个问题。

石屋是山峰的羊群

山巅的夜色比平地薄，也许离星星近，夜被银河的光稀释了。脚下的石板仍清晰，缝隙像墨勾的线。树上的柿子深灰色，灌木如国画堆起来的焦墨，石板路留白，斜着通往上面的屋舍。太行山白天黑夜都像水墨。阳光下，危崖千丈是皴法，大笔皴出石壁和悬松。入夜，山村如晕染，纸上留了更多的水分。石屋石墙的棱角显出柔和的轮廓，这是淡墨一遍一遍染的，树用焦墨拉一下就可以了。我在下石壕村转悠时脑子想这些话，好像我是个画家。然而我不懂绘画，借国画技法状眼前所见，说个意思。

夜空上，星星大又亮，一部分星星被山峰挡住。走几步路，星星从山后冒出来，它们好像在旋转。这么大的星星如白锡做的铃铛，本该挂在天马脖子上，如今藏在了太行山的身后。我暗想，即使最小的一个星星掉下来，落在山上，也会叮叮当当响一晚上。

坐在木墩上远望，天黑什么都看不清了。山峦刚才在红和蓝的天幕下凸现轮廓，眼下色彩尽了，山退隐。仅存一点光线时，雾（实为云海）从山谷汹涌地挤过来，挤进村显得薄了，赶不上蒸馒头大锅的白气密集。雾待一会跑了，可能嫌村里太静。村里的石屋构造朴拙，一排房子在山的衬托下显得小,只是人手堆起的一处居所,山是老人,石屋如同山峰放牧的一群白羊。

村民从我身边走过去,去村口的大石亭。石亭能装十桌人吃饭,四面见山,亮着红灯笼。山村静久了,多亮一盏灯、多一个人大声说话,就添了热闹,何况石亭亮起十几盏灯笼,红纱官灯。从身边走过的是妇女和老人,这个村和中国所有村庄一样失去了年轻人,他们离开土地去了水泥地,遭长途颠簸和出租房的罪,赚现金。中国没那么多耕地让他们耕种。灯光下,妇女和老人站在家门口向外张望,越显出房屋院落的寥落。村里大部分儿童去山下学校读书。东奔西跑的精灵不在家,村里更静了。石亭的红灯笼一亮,村民的心活了,来看热闹。

夜色浓重,看山不是山,是深浅不同的墨色。头上一条小路是石片垒起的,七八米高,石片中间钻出树,直径超过 50 厘米,拐弯向上长。有的人家窗下横挂着木梯,这里家家离不开梯子,不是上山是上房,晒柿子、花椒和玉米。木梯子被风吹雨打变成白色。墙上标语隐约可辨,有一条是"生女也是接班人",另外一条"女儿也传种"。这两条标语说得都对,尤其后一条。人种都是从女人那里传过来的,没别的途径。

"呜哇哇——",音乐响起来,自石亭那边。这个音乐是 CD 放的,类似大型文艺晚会的开始曲。我想下面该出主持人了。果然,一个女声用央视春晚的声调说:"各位领导、各位来客、女士们、先生们,大家晚上好!"

我一边往那边赶,一边在心里给她续下边的词:"中央电视台平顺分台下石壕支台春节晚会现在开始!首先宣读海外华人和驻外使领馆的贺电……"但大喇叭里的女孩子说的是另一番话:"九月太行,是丰收的季节,苍山披翠,大地金黄……"很有文采嘛。我趋近石亭,见亭里坐几桌游客,服务员化舞台妆,穿性感纱裙,往上端煮鸡蛋、烤马铃薯、炖鸡和柚子大的白面馒头。端烤马铃薯还用化戏妆吗?服务员眼角画进鬓里,如花旦一般。后来知道,她们是演员,兼服务员。

主持晚会的姑娘个子不高,没化妆,像城里人。她流畅地把太行山的人文地理介绍了一遍,宣布演出开始。服务员如仙女般手转扇子跳起舞来,伴奏带是央视经常放的大歌。仙女跳完,主持人又把吃的东西介绍一遍,是一些在其他地方吃不到的山货,诸如鹅卵石炒鸡蛋、清蒸南瓜苗、酱拌花椒嫩芽。仙女们换了另一身衣服,再跳舞。刚才是水红色短衣短褂跳扇子舞;现在是白裙搭青罗条,跳贵妃舞。主持人再上来,说:"哪位嘉宾唱歌?"一位游客大咧咧地上来,用闽南话唱《爱拼才会赢》,用普通话唱《天路》。仙女们换短打扮,唱上党梆子。

这家伙,小山村热闹啦,音响师用最大音量放音,唯恐群山听不到。村民们都来了,安静地站在石亭下面观看。他们全神贯注,表情十分满意。这时候你就知道文艺的重要,它是心灵上的银铃铛,有人摇一摇,心里才满意。演出很快结束了(节目少),音箱发出深情的《难忘今宵》。主持人用央视的口风说:"难忘今宵,难忘太行,星光为我们指路,友谊是最美的琼浆。"音箱转放苏格兰民歌《友谊地久天长》。

村民对主持人的文雅词语很满意，有人说话他们就满意，都是吉利话。苏格兰乐曲在太行山巅回荡，我问主持人是哪里人、演员来自何方。主持人告诉我，她是大学生"村官"，担任村主任，服务员和演员都是这里的大学生"村官"。这些女孩子来自长治、潞城、太原，她们在这里服务几年，可以留下，也可以考公务员，给加分。她们有警校生、矿院生和师范生。问年龄，都是十九岁、二十岁，刚刚来这里。我才来，已觉得雄浑的大山需要她们的漂亮衣服和容貌，这些活泼的小"村官"让太行山感受到了青春的感染力。

雾散了，树叶滴水

凌晨醒来，是因为屋里进了雾。昨晚睡觉我敞着门，听雨声，让雨制造的"负氧离子"进屋来，这东西的催眠作用比酒精厉害。

我住的这个石屋位于太行山百丈悬崖上面的下石壕村，坐车穿行凿崖公路几十里后到达，辖属山西省平顺县。

山村奇静，我不知这里为什么没公鸡。村里的劳动力都下山打工去了，公鸡也下山了吗？日月升降无声，白雾来去也无声，这里只有雨声。昨夜有雨，敞门入睡如同听到一场雨在太行山顶的音乐会。其实雨也无声，人听不到雨丝划过空气的声音。耳边是雨敲击柿子树叶与核桃树叶的唰唰声，前一拨雨才落脚，后一拨雨又来了，雨水从屋檐滴在青石板上响声清脆。我仔细听其他"乐器"的奏鸣——雨打在倒扣的木盆上，滴在窗户的塑料布上，洒在菠菜叶上混成交响，落在门口的沙子里无声。

入睡后，一觉醒来窗棂微微泛白，我先回忆这是哪儿。每次出门睡醒时先回忆自己到了哪儿，也有回忆不起来的，起身到窗边向外看看才知道身在何处，在德国就是这样。看外边，雨停了，屋里进了雾，怪不得被子泛潮。床边的雾约有半尺，遮住了鞋，但床头柜的衣服还叠在那里。我大喜,吾榻拥云,有成仙迹象了。欲拍照——我躺床上,床下雾气缭绕,证明成仙并非自吹,照片在这儿——但我独宿,没人给我拍,可见成仙真不是容易事。洗完冷水浴,穿衣出屋,步入雾的世界。雾横着飘,一块块有锅盖或棉被大,相互牵扯,悬地二尺半,照顾你看清脚下的石板路。

在村里走,迎面来人从雾里现身,如有扛刀的坏人来到,近前三五米从雾里出现,人想跑也来不及了。这里没坏人,都是好人,他们朴讷淳厚。早上吃饭,四五个老乡拿着房客丢失的手机钱包送过来,房客瞪大眼睛感谢,说你们拾金不昧啊。老乡不以为然,他们在心里说,谁的就是谁的。

从雾中淡入的不光有人还有树,树的叶子被雨水洗得发亮。雨早停了,但树叶还滴水。雾的分子在溜光的树叶上待不住,索性化为水打滑梯落到树根下。苹果和枣在雾里现身,它们红得不一样。苹果紫绿相间,枣鲜艳。拇指盖大的枣在白雾里鲜艳,像树上挂的红宝石。

村里的建筑全系石材,石板路和碾子在雨后黝黑反光,三个石碾子并列。到秋天,村妇在碾子旁碾谷说笑,是热闹地方。屋顶的石片白光错落,野草在石缝摇曳。人走在窄窄的石巷,身旁被雨浇黑的石墙垂下桃形的牵牛花叶子,绿得鲜嫩。带茸毛的花蔓依在石头上,如婴儿偎在祖父身边。可惜牵牛还没开花,喇叭花如开放在水淋淋的黑石旁会有多抢眼。人说心想事成,有时会灵验。再走几步,在墙头上见到一只大南瓜,它的橙红,比喇叭花和红灯笼还明亮。南瓜像一百个橘子堆成的果篮,只是外皮有几道绿痕。南瓜摆在这里,仿佛是为了美术的需要，扫去石屋的沧桑气，让雾不显得闷。

　　往前走，雾散了，或者说雾退到对面的山峰。山峰开始一点点清晰，笔陡的石壁呈白垩色，峰上存土的地方长出苍松。苍松沉黑，成了悬崖的冠冕。雾越消退越露出壁立千仞，脚下云海仍是见不到底的深谷，太行山更显雄峻超拔。有人说一座山是一处关，太行是万壑千关，只有云海相伴。云海上面藏着一个小山村，牵牛花在石墙上悄悄伸出蔓丝，枣在雾里微红，雨水洗干净石碾沟槽的米糠，树叶缓缓往下滴水……

在水上写字

傍晚，群山在白雾的包拢下退到了远方。刚才下雨，雨不知停还是没停。我的意思是说雨丝和雾汇合了，见不到成串的雨点，但树叶在滴水，雾气越发浓。

这里是山西省平顺县境内的太行山，我在下石壕村。村庄建在峰峦之上，我们坐车经过九曲二十八弯的凿岩山路才来到这座三十八户人家的村子。村名下石壕，像唐代的名字。几年前，有急于上位的领导把下石壕改为岳家寨。领导怕听到"下"这个词，越（岳）胜于下，更胜过下石和下壕。这是官员的迷信，虚妄之心没有不依赖迷信的。山村不大，往四面看都是比肩的山峰，才知自己立于山巅，此处乃太行之巅。

雾气徐徐侵来，缓缓消散，好像被吸进了地里。梨树、枣树从迷茫中渐然清晰，露出肥硕的绿梨和青枣，好像是雾让树孕育了梨、枣。有只梨从枝头落在石板上，"啪叽"一声。我第一次听到熟梨落地竟然会"啪叽"，它躺在地上，绽开白果肉。让梨开绽的不是牛顿的万有引力定律，是熟透了，像女儿大了要出嫁，果肉要坐在石板上看四外风景。枣偃，藏在高枝等着竹竿敲打。村里没人打枣，青壮劳力下山打工去了。

雾散了,我像迷路的毛驴一样在山村转。村里没有一瓦一砖,房子和道路全用石条石板造就。看不出房子盖了多少年,斑驳的石头搬来垒屋,依旧斑驳,说房子是明代建的也有人信。青石瓦片在雨后如砚台般细腻,含蕴花纹。一棵槲树直立云霄,树龄越千载,大人无法合抱,树身红铜色,遍布铜钱大的凹痕。村人视此树为守护神,他们的祖先已于唐宋元明清逝去,留下这棵树。此树曾和先人相伴,村人对树露出虔诚的笑容。这个村的街道犹如迷宫,在巷里穿来走去,不知谁家挨着谁家。刚看到一个穿红衣的妇女在东边晾花椒,转一下又见她在西侧晾花椒,浑似双胞胎一起晾花椒。

说话间,雾又来了,房子被童话一般的雾收走,只露出脚下的石板路。不出五分钟,雾又赶路了。一位老汉双手插兜站在一人高的石街上看我,没表情。他身后的房子用红油漆写着"八路军藏金银处"。八路军不光有作战处、政治处,原来还有藏金银处,在山巅。雾又来,再散,我已经走到一个大石亭边上。亭长方形,立八根石柱,似会议室,四壁皆空,可观八面山色。亭子下面有厨房,这里是村里的"人民大会堂"和"国宾馆",开会、开招待会用。在这上面吃饭,比菜肴更合口味的是环绕的山色。谁想吃太行山、吃云海、吃星辰月亮,就上这来吧——平顺县下石壕村。还有什么吃的我不清楚,还没开饭呢。

再走,过小石桥,见一个七八岁的儿童趴桥上,用树枝点水。我问:"干啥呢,孩子?"他不抬头,回答:"练字呢。"啊?这排场太大了，在一条河上练字。我蹲下，看他用树枝在水面画横、画竖、画撇捺。人说划沙无痕，水痕比沙消失得更快。我说："你写个太行。"小孩站起来，伸臂写"太行"。我只能说他写了好几层涟漪，看不到字。这时水面金红，这肯定不是小孩写的。抬头看，雾里涌出夕照，红光从黑黝黝的山峰肩膀迸射，洒在河上的只有一小部分。小孩的树枝一笔笔划破了金痕，我抢过小孩手里的树枝，在水上写个"人"，又写个"大"。字没留下，树枝挑出一根水草，小孩哈哈大笑。

夕照里，村里的屋顶鲜艳夺目，白石房变成玫瑰红，黑石房有乌龙茶的金绿。一恍惚，觉得这里是仙境吧，我还没修炼已经成仙了？"开戏了！"孩子说。石台上那座方亭子亮起了灯笼，长而圆的宫灯，有演出了。

黄姆村

村子在深山脚下，公路修到这里为止，尽头是一个水库。水库呈元宝形，有一道 100 米长的坝。我每天早上到坝上跑步，然后观望。那时是六月，每天早上下细雨，雨丝比蜂蜜拉的丝还细，用黑色的衣服遮挡才看到亮晶晶的雨线。水库似深潭，翡翠一样沉绿，环绕对面的山峰。白色的水鸟张开比身子宽几倍的翅膀飞行，像为水库遮雨。

站在坝上看村里，有十多幢小楼。这里并没因为山清水秀而贫困，村民家家有楼。我问过，小楼连盖带装修都是 50 万元以上的标准。这些楼房只在绿树里冒一个尖，村庄藏在树丛里，空气里含着翠绿。村里西面水库，其他三面皆青山，长满翠竹。竹子和松与梅不一样，它长得密密麻麻，山被它们长得连一点站脚之地也没有，远看，篁竹的梢头一团团摇动，似金凤点头。此地形如碧绿的龙首，水面是伸出的龙舌，村庄蹲在舌根。即使不通风水之人，也可看出这是一块吉祥地。

村庄真是小，十分钟可以转一遍，初转时，家犬在各户门口朝我叫喊，转第二遍就有几只犬追随我巡视，我成了队长。说到工业，这个村只有一处碾米厂、一处桶装水厂，不妨碍环境。这里的清幽洁净，不是什么妙手偶得，而是有意为之。因为水库是水源地，村里刻意封山育林，不对外招商，这里是维护得来的世外桃源。

从大坝下来，见一人在菜地里拾掇。也许村里人太少，这人见我主动招呼，第一句竟是"我是杭州人"。他身穿晒白的红球衣，手脚粗大。怕我不信，他又加了一句"我是城里人。在这儿开了个水厂"。他指指身后。

我说："你家保安对人大喊大叫不好。"他问："哪一个？"我说："穿黄皮草那个。"他抬头思索："哪个穿黄皮草？"

我跑远了，看他手拄锄头，还在思索"穿黄皮草的保安"。第二天，他大笑，明白我说的是他厂里的大黄狗。

我住在村中的山庄里，朋友李坚在山庄有一处别墅，邀我到这里小住。偌大的山庄有湖、有塔和大佛。庄里只住两三个人，小猫成群窜来窜去。山庄管理员阿勇和小莲给我做饭。早上，见到阿勇拎小筐在竹林挖笋，他身边是此起彼伏的林鸟啼鸣。我爬上小山，闭眼躺在石上听鸟啼，辨识有多少种鸟儿歌唱。一怔，才知自己刚才睡着了。

我对美丽村庄的期待是：一、它要小。十多户人家就好了，不会因为人多而嘈杂。二、它有水。水是村庄的灵魂，正像草地是它的衣服、鲜花是它的笑容一样。三、它有不太高的山，可攀玩、宜远望。四、它要静。在这里叫喊的不是集市的人而是小鸟和公鸡。五、植被茂盛，野生胜过手植。六、它有网络信号。七、它具有盗贼不喜欢的地理特征，也就是位于路的尽头。八、民风淳朴。九、虽偏远仍适于跑步。十、进城方便。第十一条我就不列了，因为上述十条在现实中是矛盾的，基本上不存在。把陶渊明的《桃花源记》抄下来当第十一条当然可以，但现实中还是不存在，是幻想。

现实中，我去过占其中一两条或两三条的村庄。我在这个村庄住了一周，它占全了我想象的美丽村庄的特征，但忘记了村庄的名字。

可是这个村叫什么名字呢？想不起来似乎不仁义。唯一的线索是村里的中巴站牌，上写——黄姥山，这可能是它的村名，也可能不是。

乡村片段

人跟人比，比的是名誉地位。人跟树比，比啥？树沉默、天真、甘于卑下。树柔软，坚硬，敢于腐烂而不留一丝痕迹。树把普照大地的阳光保存起来，变为绿叶还给大地。树是青草、昆虫和小鸟的家。树落叶毫不悲伤，第二年把新叶举在头顶。树是水的花园，树永远在生长。

人如果活得像树那样，人人身上都有清香。

幸福？好多年前，没人说这个词。它在心里悄悄藏着，在字典里白白躺着。那些年，幸福这个词软弱，比盆景长得还慢，更不用说开花结果。现在幸福跟人们招手了。可它是什么？是吃的，是穿的，是不挨欺负，是高兴，是打麻将光赢不输，是车，是房子，是没完没了的欲望吗？幸福是一辈子拉不完的单子？可能幸福没那么多，可能它是个找也找不到的东西。找吧，每个人的幸福可能都不一样。

海来了。涨潮的时候，海浪一次又一次地往岸上跑，像亲友重逢。在陆地全还是海水的时候，每寸土地都是海的故乡。海里有珍宝，有故事，海连着所有的地方。

人降生的信息，母亲最先知道。人辞世的先兆，医生最先知道。人生的大事，都是自己不知道，别人先知道。

家是啥？千里之外想家想的是什么？土坯抹泥的房子外面，有一张门板的脸。推开门进屋睡觉，敞开门下地干活。门天天迎接你，目送你，大月亮地里，门在外边给人站岗。

门是家的灵魂，人是门的上帝。家里要是少了一口人，门知道吗？把身子靠在门上，听听岁月讲述的秘密。它像钟表一样嘀嗒作响。

榆树是树里的爷们儿。拧着劲儿长，跟钢筋似的。树这辈子没少遭罪，雷劈电闪、虫咬火烧，那也得活呀。有的树富贵，有的树娇柔。有的树把自己长成了石头，长绿叶的石头。榆树就这样，不开花不结果，春天一把一把地往地下撒钱，叫"榆钱儿"，圆圆的，吃着甜啊！

没见过这么大的雨，哗——哗——好比泄洪。哪是雨？这是老天爷的一场事故。人管天，白云散尽；天管人，一锤定音。

药进了肚子，不光到病那儿去。它哪儿都去，全身溜达一遍。病维护自己，药维护主人。它俩斗起来，不知要经过多少回合。

美丽、漂亮、好看，是仨词儿，意思一样。克服、忍受、煎熬，仨词儿,意思也一样。撤销、迁移、消灭,意思还一样。别看世界上词多,意思就那么几层。

词儿也有让人疑惑的地方。聪明有时候和奸诈是一个意思,奸诈有时候和愚蠢是一个意思。你看,愚蠢跟聪明又拉上了手,说不明白了。

有守国土的,有守球门的,没听说有舍命守一个村子的人。农民的眼睛里,一辈子就守望几样东西。庄稼是一样儿,村子是一样儿,再就是老婆孩子。村子没了,庄稼上哪儿种去?就像把筋抽走了。农民不是旅游者,他们脚底下有根系,在土里扎着。到了非走不可的时候,已经触犯了他们的尊严。

恨是压在心上的一块铁。心要喘息,要挣扎,逐渐变硬了,像铁一样。

怀恨的人以为报复可以带来幸福,其实幸福从来不和报复在一起。导火索引爆的是炸药,不是鲜花。

男人把爱情想象成一只鸟儿,它是自由与飞翔;女人把爱情想象成鸟巢,它是安全、牢固和温暖。

鸟和鸟巢想到了一块儿,就叫美满。

一层一层的雾,粉红如烟,笼罩山野。山杏的花,手拉手给山坡披上一件嫁娘的新衣。雾散了，山杏探头窥视春天的情形。孩子们要给仙女压轿，孩子们要为鲜花鼓掌。为什么孩子的心里装的都是幸福的事情？没有丑恶，也找不到虚假。

长大了，人所失去的不仅是快乐，更有纯真。纯真走失，虚假升堂，快乐离开了，去寻找纯真的人。

快乐并不是成长的牺牲品。

如果快乐来自内心，就是来自纯真。快乐不过是幸福的花朵，纯真才是果实。

人要能重新活一遍，觉着比现在过得好。假如真的从头开始，会是什么样呢？下棋的下一千盘，每盘都不重样。人生也往往如此。

肩膀扛过两百斤麻包的人都明白，越是负重，越得直腰，要不连步都迈不开。

直开腰板，肩上的重量就交给大地，人只是一个支柱。弯着腰扛东西，早晚得压成一张饼。碰着啥事儿，人别忘了直腰，"立木顶千斤"啊！

以往干部管农民没什么商量，就像农民种地也没跟庄稼商量一样。现在商量了，两方面有点不得劲儿。没在一边儿高的板凳上坐过呀！商量好，比带领、管理、教育、引导这些词儿仁义。常商量就习惯了。没吃过饺子的人，刚吃饺子也不习惯，看不着肉，说烫嘴。慢慢地，过年都吃饺子了。

雨要是不在春天下，秋天指定下。一年就这么多水，下完就完了。

看一个村子有没有活力，莫过于早上站山顶看家家户户的烟囱。炊烟像丝绵，从各家的烟囱飘出来，把村子包裹得像一口热气腾腾的大锅。炊烟里有柴草的香味儿、小米粥的香味儿，日子回到了太阳下面。城里说的人气，在这儿叫人烟。人到哪儿炊烟到哪儿，拢住这片炊烟的人，当然算得上英雄。

人心能老不？生活了这么些年，心总年轻？人老了，胳膊腿儿，连眉毛胡子都老了。但心老不了，跟年轻人想的事一样。谁要说自己老了，记着，他心可没老。

承诺别轻易说出口，说了就得用一辈子担当。上帝唯独让人说话，是相信人是言而有信的生灵。

承诺落地，就好比鸟开始飞，河开始流，找寻目的地。

大自然都是承诺者，树承诺花，花承诺果，果承诺种子，种子承诺土地，土地承诺春天，春天承诺万物。大自然诚实啊，一草一木都不失信，岁岁枯而岁岁荣。

"克"（kē）在东北话里是顶牛的意思。不是牛跟牛顶，是牛跟老虎顶，非分出个你死我活。人跟人要是"克"上了，必有一场惨烈之战。也难怪，人的基因里都有一点儿兽性的残留物，仇恨培育这些基因壮大，一点点吞噬了人性。

粮食——在农村叫口粮，在城里叫主食，在酿酒厂叫淀粉，在养牛场叫饲料。这么多的叫法儿，说来说去还是粮食好听，特本分。庄稼、碾子、犁杖、水井这些词儿都本分，听着端正。过些年，这些词儿都没了，听说城里人现在不怎么吃主食。粮——食，这个词儿多好。

贼心要是长到好人身上，自己遭罪。它长到坏人身上，别人遭罪。

好人天天防范自己的贼心，跟它斗争，怕它转移成贼胆。坏人嫌乎自己贼心小，发展培育，最后把自己赔进去了。

好人坏人，有时候就是一念之差。念是心念，防心比防毒蛇猛兽都难。

血缘就是个血缘，里边不含政策，也不含知识。血缘不告诉你该做什么，不该做什么。生活给予人的智慧，比血缘给予的多得多。

农村小孩都吃过甜秆儿。玉米秆儿、高粱秆儿，当时没听说过甘蔗。嚼啊，嚼啊，甜水哗哗往肚子里咽，嘴跟粉碎机似的吐渣滓。好甜秆儿吃着不光嘴甜，肚子都跟着甜。在庄稼地，听风吹玉米叶子，唰——啦，唰——啦，嘴里一个劲儿咽唾沫。想，甜秆儿的甜是从哪儿来的呢？玉米的根像抽水机，把土壤里的糖分抽上来了？土壤里还有糖分，没听说呀？想着想着就傻了。

磨刀的一来，猪羊害怕；刺猬一来，长虫害怕。生物链的意思是说谁都得怕点啥。有所怕才有所敬畏，敬畏之后才有珍惜。

如今说爱情、说财富、说享受说得太多，说说友谊吧。

友谊是用血水泡过的麻绳，悬崖上能担得起一条命。友谊是遥远的恒星，是静静的河流，是没有香气的花朵。友谊在，诚信还会不在吗？怀揣着友谊的人，值得所有的人尊敬。

谁要觉得天特别远、地特别宽、花特别艳，那就是恋爱了。谁要觉得天特别低、地特别窄、花特别蔫，那就失恋了。谁要觉得天不过是天，地不过是地，花不过是花，那就结婚了。谁要觉得天是锅盖，地是水缸，那不是人，是青蛙。青蛙就会说一句话，说了一辈子。

鹤要是一条腿站着，是睡觉呢，两条腿站着就出问题了。人吧，坐着站着躺着、哭着乐着想着，看不出是喜是忧，忧中有喜或喜中有忧。人是万物之灵，碰上自己的事儿，有时候灵，有时候不灵。

静水深流，心思重的人从外表看不出来。人的肩膀宽不过两尺，可啥都想担。世界上想帮忙的人比忙都多，帮上忙的真没几个。

近朱者赤，近墨者黑，近啥人学啥人。历史其实是人学人的模仿史。可惜人跟自然学到的东西太少了。拿河流来说，遇平则静，遇遏则鸣；逢春开化，入冬结冰，在四季轮回之中走向大海。人也像河流那么忙，忙来忙去究竟要上哪儿去呢？人皆好学，学到的多数是别人的毛病。

啥叫奢侈？人头马兑茅台酒、拿鱼翅拌大米饭、让熊猫推碾子、用牡丹花炒天鹅蛋，都比不了朱二这出——拿谷子苗喂羊，奢侈啊，奢侈。

天下的好东西里边，有一样叫针。穿线缝衣，针做的是团结的事儿。在医生手里，针做治病的事儿。针在油灯捻儿上拨一拨，一亮一大片。针挺了不起。

有人管酒叫酒水，酒哪是水？别看液态，那是流动的火焰、瓶装的粮食。酒跟水倒在碗里都像水，人跟人走在街上都是人。外表一样，其实差别挺大。

手啊，就这么一举，代表着民意。人平常用嘴说自己的想法，关键时刻还得靠手。手比嘴权力还大，举与不举，立等裁决，比"锤子剪子布"厉害。看这些手，握镰刀的、和猪食的、烧火的、脱坯的、拔草的，举起来就是一票。现在老百姓的手值钱了，往后得好好珍惜自己的手。

酒要是在瓶子里待着,十年八年没事。它要进了人肚子,啥事儿都出。四大发明咋没算上酒呢?世界七大奇迹里也没提酒,怪事。

有一个猎人跟狼搏斗,枪掉山崖下边了。狼咬他腿,他掏出酒瓶子塞狼嘴里,咕咚咕咚全进去了。狼喝上酒,浑身哆嗦,走不了道,盯着猎人哭了,意思是:灌我酒干啥?不如给我一枪呢。都说狼厉害,厉害啥?连酒都喝不了,还是人厉害。

野生的丹顶鹤每年11月份向南迁飞。卫星定位技术发现,野生丹顶鹤从俄罗斯兴安斯克起飞,抵达向海,然后飞到盘锦的沼泽地,休息3到5天,在唐山以南的海岸休息6到8天,到黄河入海口休息10到20天。12月上旬到达盐城的滩涂越冬。迁飞距离2200公里,迁飞时间约25天,每天平均飞行80公里。

歇息地是鹤类迁飞的重要条件。如果没有湿地和生态保护区,鹤无法到达越冬地,会遭遇灭绝。

云彩要是树就好了,在山上栽着,一片一片望不到边,又能下雨,还能遮凉。云彩不招虫子。可惜呀,云彩不生根,在天上白白让风刮跑了。

感情这种事儿,跟豆角秧差不多,先出叶子再出蔓儿。豆角蔓儿像蛇信子,绕着架往上缠,缠实了开花,花不大。之后结豆角儿。豆在荚里包着,好像婴儿躺在床里。不立架,不起蔓,豆角儿往哪儿结啊？感情也是，前前后后有个过程才结果。

两口子在一起好比打篮球，往别人筐里投球，自己才得分。好比画肖像，把别人往好看了画才美。专画缺陷，还不如上医院照 CT 呢。两口子的事儿就像电视剧似的，剧本好还得演员好，演员好还得导演好，几好儿轧一好就拍成戏了。不过，电视剧才几十集，人这辈子胜过几万集电视剧，一点一点拍吧。

经常出现在梦境的地方，教你一口方言的地方，赶回去过除夕的地方，每个人都叫得出乳名的地方，喝酒爱醉的地方，少年想出老年想回的地方，童年数过星星的地方，对你知根知底的地方，就是一个人的家乡。

这个村子要是撤了，就像谷糠跟小米分离，光剩下一个名儿。头两年还有人念叨这个名儿，过几年就没人知道了。让历史学家把这个村子写进中国通史里？不可能。树杈从树上掰下来，想安也安不上。

人能回避这个回避那个，但是回避不了血缘。拿树说，这儿有一棵，那儿有一棵，在泥土的覆盖之下，根在一块儿连着呢。

生命立起倒计时的牌子，人的价值观就要调整、改变、颠覆，乃至升华。这时候，这个人思维敏锐，目标清晰，行为果敢。他要挑最有价值的事情来做，就像篝火在熄灭之前，迸出耀眼的火星。

其实，生命给每个人都立了一块倒计时牌，包括刚刚出生的婴儿。只是这块牌子有些遥远，有些模糊。牌子上的数字还没有缩到很少的数字……

有身即有病，有病才有身。病从何来？喜怒哀乐、一惊一乍都可能埋下病根。不是肉身抗不住病，是人心抗不住病。文殊菩萨问：何物是药？善财童子遍访世间，回答：世间无一物不是药。心静是药，善良是药，敬畏天地江河草木是药，谦逊卑下是药，利益大众是药。小孩敬的大礼更是甘露妙药。

人要是掉到"爱"里边，有甜蜜，也有疑心。人恋爱时疑心最重。因为爱情太珍贵了，恋爱的人像金匠一样不断测试它的纯度，是百分之九十九点九，还是百分之百。

有人说，真理是从怀疑当中产生出来的。但真爱产生于信任。

候鸟的大脑有一个生物罗盘，即使穿越海洋、沙漠，地面没有参照物时，也不会迷失方向，在繁殖地和越冬地之间，年年穿梭往来。没有方向感，当不了一只鸟。人的方向感不一样，有钱的方向感，没情的方向感；有小的方向感，没大的方向感。有人一辈子也没有方向感。

仁、义、礼、智、信、忠、孝，说的本是人应有的方向感。

世上不喘气的事物里边，钱是唯一成精的东西，能填山移海，也能逼人上吊。钱也有姓氏，个、十、百、千、万、亿，越往后辈分越大。钱攥在手里，手出汗钱不出汗。钱的故乡不叫村子叫银行。钱像人参娃娃，挖地三尺，人都能把它找到。钱无味道，但走到哪儿都能被人闻出来。钱没有腿脚轮子却云游八方，后面跟一群追赶的人们。

钱在人前成精了，在山川、动物、友谊、信仰面前啥也不是，又回到了纸的位置。

给大伙谋事儿，光靠赤胆忠心不够用，还得有钱。就好比牵着骆驼穿过针眼。针眼是啥？钱。用钱的时候钱不吱声。用错了，钱该说话了。钱说的话，一句顶人一个跟头。

戏演到这块儿，说了不少。乡情、亲情、爱情，可一提到钱，这地方的人立马把眼珠子瞪溜圆。咋回事儿？穷呗！

人有对象就幸福。有对象的人再找幸福，还得上下求索，八方寻觅，像狗熊找蜂蜜窝似的。

说幸福在自己心里，谁也不相信这个话，都上外边找去，以为幸福在一个地方等着自己。

处感情靠咳嗽不行，靠钱也不行。婚恋之事与年龄关系很大。

二十岁谈恋爱是一通长拳，飞拳快腿，麻利又好看。三十岁谈恋爱是八卦掌，一招一式讲究程序。四十岁谈恋爱是太极，前后左右都得照顾到，用意超过用力。

老虎三岁搞对象，丹顶鹤两岁搞对象，老鼠生下来就搞对象。它们明白，这事儿不能往后拖。

燕子不识字，串鸡、雪雀子都不识字。它们不知道地图和文件准备抹去望海屯这个地名，它们年年还要飞回来。小鸟看到破砖烂瓦，那是个什么心情？村里没广播了，老爷们儿和老娘们儿不吵架了，静悄悄的。小鸟儿指定害怕，这一夏天的日子，不知跟谁过去。要是想望海屯的人了，上哪儿找去呢？

村庄的历史比城市还早。建一个村庄，用的是燕口衔泥的辛苦。一根草棍一口泥，慢慢才垒起一个村庄。村庄比城市的钢筋水泥包含更多人的感情。

在城里，高楼大厦之间没有祖先的身影，没有露水，没有鸡鸣犬吠，也捧不到一捧渗透过汗水的泥土。

城里人爱家，农民爱的是自己的村庄。

第三辑

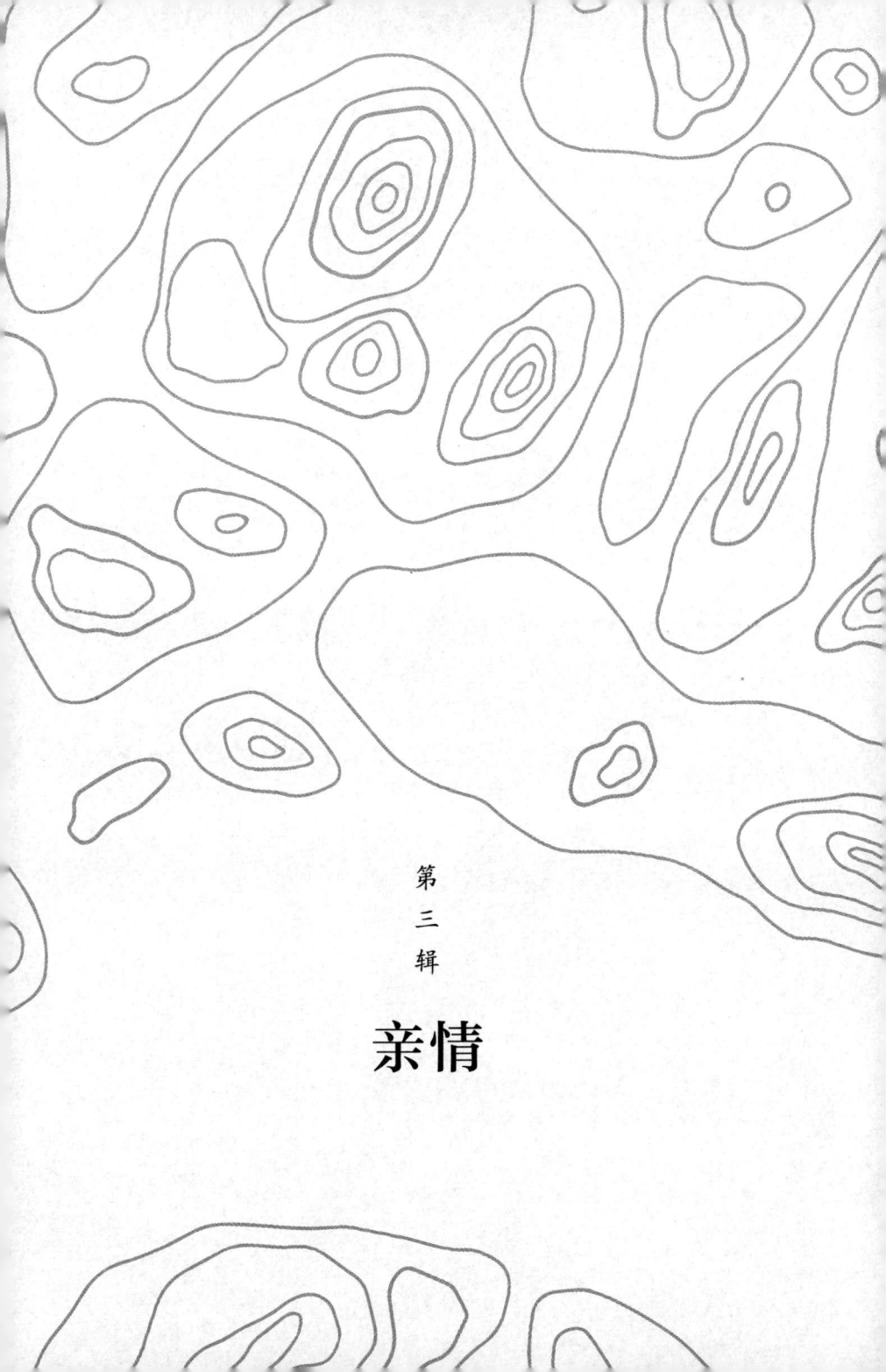

亲情

找头发

午后,我到桑园的树荫下歇息,看蚂蚁在水磨石地面上奔走。有的蚂蚁为搬运孩子嘴边掉下的饼干屑忙碌,有的无端忙碌。没有沿一条直线行走的蚂蚁,也见不到哪只蚂蚁在树荫下睡觉。

蜘蛛在空中飘荡,一根看不清的绳索连着碧桃树丫。大风吹得树叶乱响,却吹不断蜘蛛丝。蜘蛛像在浪头上打滚儿、上攀,忽又吐出一段,使自己离树丫更远。在过去,我可能用木棍挑断看不清的蛛丝,现在不干这类事了。

一个四十多岁的男人,在松树下找东西。他盯着地面,态度惶然。

松树下面的草被人踩光了,空出桌子大的地面。理发的女人在这儿营业,下雨天卖雨衣,这儿临近马路。头两天树上挂个牌子,粉笔写的:擦鞋。红粉笔在白字外边勾上弯曲的花边儿,像旧日的饼干那样。后来换了字:算命。没勾花边儿。算命再勾波浪纹,显得命不真实。这是女理发师告诉我的。

这个男人垂首盯着地下,后来双臂撑膝,头更低了。又蹲下,手指抚弄地面。我按捺不住好奇心,想看他看啥。

我无事一般踱过去,脖子不转,眼角扫视他观看的地面:土湿润

（上午有雨）、石子半露于地面、碎头发，没了。我无事一般踱回来，坐原来位置，他还在看地面，恨不能钻进地里。

怪了，这算什么爱好呢？新的健身功法？我劝自己别对别人的私事太热心，找那只蜘蛛——我命名的"阿迪力蛛"。

"大哥。"这个男人走过来，步履跟跄，面惨白，嘴唇毫无血色，"大哥，打扰了。你看见上午有理发的吗？"

理发？我说："理发的没出来，上午下雨了。"

"噢。"他若有所思，在我身边坐下，左手攥一绺头发。

我们并排坐着，我在透明的空气中寻找飞蛛。身边传来抽泣声，他弯腰抽泣。成年人没有晶莹的泪珠，更多的是鼻涕。他一把把擤鼻涕。

"我父亲没了。"他直起腰对我说，"昨天走的。我半夜才知道信儿，从牡丹江上车，到沈阳是今天十一点多了。已经火化了。"

说到这儿，他用掌擦泪。"人说走就走，连一面都不让你见。邻居说，我爹昨天在这儿理过发。"

他握着的左手慢慢松开，摊着一些头发，白的黑的。他说："就留下这点头发，也不知是不是我爹的。雨水把头发冲没了，剩这些，但愿是他的，怎么也有一点儿。"

我听了震惊，想劝慰却说不出适宜的话。

街上行人络绎不绝地走过，他们的父母大多健在。谁知道，老人的生命竟会像花朵被夜雨摧折。到那时，别说奉养，连保留一绺头发都不可得。

第五格

有一组四格漫画。

一个人在家种树,不是花盆,而在地中央——并非水泥楼房,是泥土漫地的民居。树生叶,绿意婆娑,这家人高兴;树开花,清芬盈室,让他们陶醉。这不比养狗好吗?树香日夜亲随,好。却有一日,这株树把房盖儿顶开了,房子像穿在树上的一件T恤衫。

主人不知怎么办好。换句话,他们不知这叫家,还叫树。所谓炕沿、鞋、枕头、箱子和水壶在树下(实际在家里),似乎不合适了。

树,枝丫开张,让主人傻望。

从中,我想到的是孩子与父母。

我们每个人都在家里种树。父母久望睡梦中的孩子,边拍边祝福:"小宝贝,快长大。"孩子睡着,一点没见长。但,我们不知从哪天开始不说这句话了,也不知从哪天开始,孩子拥有了自己的个性(性格?趣味?)。主要的,终有一天,孩子大到了我们已不认识自己——不是不认识孩子,而是恍惚中失去自己的岁月,包括原来在社会上的位置。

等于说,我们成了穿在孩子身上的一件T恤。

房子被树冲破。

这组画是我想象的,不会画,存在心里。画的第五格该怎样呢?房的四壁土崩瓦解,或树越长越高,把房子像围裙一样挂在腰上?总之,怎样有趣便怎样画。

在生活中,父母失去的每个份额(职业份额、健康份额,甚至作秀与苗条份额)都被自己与别人的孩子获取。自然这种获取并非抓阄,有教育的介入。教育成本越高,所获份额越令人满意。当这些好东西转移到孩子们身上之后,我们爱说"长江后浪推前浪",甚至成立了关心下一代协会,但仔细想想,父母们失去的,实在是他们不胜任的东西,而孩子获取的——无论叫作职业、责任、位置——只是人生的一种说法,这些说法又叫挑战、挫折、磨炼、探索、失败与成功。而我们从中了解的一件事是:让孩子们更强一些和社会更好一些的理由——不是知识,和科学也没多大关系——在于我们曾经向孩子灌输过人类的理想:

仁慈、坚强、勇气和梦想。

每当看到年轻的母亲向婴儿车里的孩子俯首,我在心里对孩子说:慢点长吧,宝贝!别抢妈妈的青春。对母亲说:多好,种了一棵比你还大的树。

废墟下面的信

2008年5月23日，辽宁省消防总队在清理北川县一所中学的地震废墟时，捡到一个作业本，上面有一个中学生写给妈妈的话。

妈妈，我在瓦石堆里，还活着，想你。

我比过去更想你。过去的事情像电影一样，自动地、一幕幕在脑子里回放。回忆让我有了一些安慰。写出来，好像你在身边。我一定能活着出去，见到你，妈妈！

我不知道这里是几楼，肯定不是原来的四楼教室了。楼沉了。我头上有一块斜立的预支板，缝隙透进光。手边有一个不知是谁的书包，我用里面的纸笔给你写信。

脚还不能动，已经没知觉了。很长时间前——不知道是不是一天前——从周围的瓦砾里还能传出哭声，有人嚎叫。晚上，这些声音特别清晰，特恐怖，不说这些了。

妈妈，小时候，你给我梳头、编辫子，把落下的头发交我手里。

我对着阳光看，看我的头发长了多长。你给我剪指甲，指甲屑装在润喉糖绿色带小熊的铁盒里。碎米粒似的指甲屑已经很多了，被你用洗衣粉刷得很干净，我四五岁的，一直到高中。

我爱吃橘子，有一阵儿手心都吃黄了。你说你不爱吃橘子，怕上火。那回上晚自习回家，我看到路灯下一个女人翻垃圾，那是卖橘子的人白天扔弃的烂橘子。她丢掉橘子的烂瓣，好一点的塞进嘴里。走近，没想到是你，妈妈！我当时很生气，没跟你打招呼就走了。

我怕你的举止被同学看到，受人嘲笑。我想告诉你别去路灯下翻烂橘子了，但说不出口。不过，我不再走那条路回家了。没想到这会成为美好的回忆。

妈妈，你第一次发现自己有白发，是在35岁。我记得你因为一根白头发跟我爸吵了一架，说他没能耐，你卖菜、做钟点工挣钱，白发早生。那时我虽然小，已觉得你们的争吵特别无厘头。觉得你们不了解生活的美好，不懂音乐，没情调，为一根白发吵架。现在明白了，美好是包在草叶里的粽子，平凡、裹紧，很大众。

妈妈，我不知我能不能坚持得住，渴、饿，身上一点劲儿都没有，周围已经没有声息了。我在顶楼算是幸运的，一、二、三楼的同学都被压在底下了。我如果能坚持到明天，完全是因为想念你，妈妈。

你有失眠症，夜里心里数黑绵羊、白绵羊等。天亮刚入睡又被闹钟吵醒，起床为我做饭。

这些事，我都忽略了。如果一个人整夜睡不好，又早起，天天如此该有多痛苦。当时，我对你的絮叨无动于衷，觉得大人不应该把自己的痛苦"化"为让子女学习的动力。现在知道，你只是倾诉一下而已。被我反驳之后，你再也不说了。现在，我多想再听你说啊。

妈妈，你完全不知道考大学是怎么一回事儿。我们像中药一样，加火加水熬煎。学得好的学生永远是凤毛麟角，大学的校门是对他们开的。

你可能不知道，我考不进大学，连三本也不够。但是为了你的辛劳，特别是你近乎迷信地以为我一定能考上大学的信念，我每天麻木地上学放学。今天我的感受是：为了你们的苦心，我从初一到高二，每天都拼搏一下多么应该。可是，人生的美好并不是上大学所能独占。如果我活着出去，无论上技校或自己闯天下，一定多赚钱，让你们过上好日子。

妈妈，你说过，成都有一家洗浴宫，洗澡的人由别人搓背、修脚、敷面膜，你说真是神仙生活。我问：别人没给你搓过背吗？你说，小时候你姥姥没搓过，结婚了，你爸没搓过，也不能让他搓。这个福没享到。

我洗澡历来是你给我搓背，听你这样说，我笑笑就过去了。妈妈，其实我应该为你搓搓背，至少我有这个能力。你一定也想过，只是没说。

以后，咱们母女俩要去成都的洗浴宫爽一下。去不了，我就给你搓背，每星期一次。不知老天爷给不给这个机会。

上初一，我把300元学费弄丢了，你打我，骂我是败家子。其实，钱是在书包里被人偷掉的。你不听我解释，像疯了一样。我曾在日记里写你是一个巫婆。现在我悟出，你捡饮料瓶换钱，只开8瓦的小灯泡，把40瓦的台灯给我，吃咸菜，300元钱意味着你付出了太多心血。我不是富家子弟，竟没学会体恤你。

妈妈，我不知你在哪儿。我从地震那一刻起就惦记你和我爸，还有姥姥。如果你在露天市场卖菜就好了，千万别在雇主家里做钟点工。我特盼望有一种心灵相通的方法，比手机还方便，告诉你我还活着，也知道你们也活着。只要活着，我们所有的愿望都能实现。咸菜、8瓦小灯泡、你和爸爸的白发，都是世上最美妙的享受。

妈妈，我可能不行了，幻听，眼前出现了幻象。腐烂味熏得人喘不过气来，我的腰以下都没知觉了，外面有机器声，可是我没力气呼救……

画一幅眼泪

人们越来越爱惜自己的身体，往脸上抹神秘的化学化妆品、抹手霜、给眼睛外边架一副玻璃镜片、按摩四肢、吃对肠道有益的粗粮。说起来这一类名堂成百上千种，主题是爱惜身体，让它美，让它年轻，让它放缓变成糟粕的速度。我觉得还应该加上一条：爱惜我们的眼泪。

泪水不是我们的器官，它们从眼睛里流出，被擦掉、被风干，不知去了什么地方，但它又不是普通的水。

我们不知泪水藏在身体的什么地方，只知道它离眼睛很近。我们也不知道一个人泪水的储量到底有多少。最主要的，在我们感动、悲伤、痛苦，也就是心在滴血的时候，眼睛里流出了水，我们叫它泪水。

最纯真的人，如儿童，眼睛里有最多的水。随着年纪增加——实际是随着心灵的麻木——泪水越来越少。

一位朋友对我说："羡慕你啊，你还流泪，我好多年没泪水了。"除了干眼症患者，我认为一个人不会缺失眼泪，缺少的只是感动。

头些天到哈尔滨一位作家朋友家里做客，墙上挂着五六幅她画的水粉画，多是大兴安岭的风景。有一幅抽象作品非常触目，如同在黑夜里闪光的白桦，又像从地里长出的白银。我问，这画的是什么？

主人说，这是一个秘密。

既然是秘密，我就不问了。这幅画还是吸引着我。我感觉它像森林里的冰凌化了，又像雨打在玻璃上——屋外是沉黑的夜。

朋友说，告诉你们吧，我画的是我的泪水，泪水流成了河。

我闻此言，再看这画，很震惊。我们知道她的丈夫去世了，但我第一次看到有人用画笔画自己的泪水。那是无法计算的悲伤，滔滔不绝的河流。

屋里沉默了很久。

人身上到底有多少泪水？这件事谁也说不清，每人都不一样。

汶川和玉树地震的时候，我妈从早到晚坐在电视机前流眼泪，她的泪水天天流也流不完。不论什么时候打电话，她的声音都带着浓重的鼻音。我爸很生气，怕她哭坏身体，不允许她看电视。我妈上街买报看，接着流泪。我爸没收了报纸，发现她半夜坐在自己房间，不开灯，用手擦眼泪。

假如把眼泪比作榨汁机榨出的汁的话，榨的是人的心，眼里流出了泪。榨汁机的马达是悲悯，是感同身受，是藏在心里像星星那么密集的爱。

从医学角度观察，人哭泣实如一场疾病发作，浑身颤抖，瘫软。人大哭之后会头痛，休息几天也缓不过来。但人的泪水证明他的良心还在工作。泪水实在是人最珍贵的分泌物之一，它在身体里积蓄，流出来却无法遮掩。除了演员，没人表演流泪。人们炫耀车、炫耀表，没人炫耀自己的泪水。事实上，人流泪的时候，都抱有羞惭之心，人心阻挡自己珍贵的泪水流出来。这来自古老的基因暗示——不可流露自己的软弱。

流泪的人软弱吗？我见过许多流泪的成年人性格刚强，我妈就是非常刚强的人。

我们在感动或悲伤的时候，会觉得流动的血液停下来，观念中有关矜持的旗帜都被拔掉，泪水如一股洪流从心底涌向头部，冲破万千束缚从眼里挣脱出来。有时候，我们还会觉得眼泪来自一个遥远的地方，一个我们从未去过的地方，来自我们不熟悉的一些事和不认识的一些人。故此，眼泪特别值得珍惜。

来，把手给我

那一年，春节还没到，我故乡的小城家家准备年货。有人拎着山珍海味匆匆进门，有人拎着空兜子匆匆出门。到了腊月廿三的晚上，人称小年，我们一家人围桌大啖囤积的蛋白质、脂肪和碳水化合物。

有人敲门。

小年一般无访客。开门，一位六十多岁的宽脸大汉站立，像门框镶的一幅画。他笑而沉静，胡茬重，如同说"看你们能不能认出我，看你们在吃什么"。

"哟！"我爸如梦方醒，"白长岁！"

我妈同时喊："白长岁！"像抢答。

我把手里的筷子放下，想——从他胡子、带笑意的细长眼睛和摔跤手的身态想起，他叫白长岁，我爸的战友。

"快进屋，进屋……"我父母迎进他，大喜过望。白长岁矜持地搓搓鞋底，掸掸衣服，进屋坐下。

"哎呀，二十年没见面了。"我爸说。

"二十多年了。"我妈予以纠正。

这事是这样。辽沈战役攻打长春的时候，白长岁在战场上救过我爸一命，他们是四野的骑兵。经历劫难的战友相遇，均有隔世之感。他们上次见面是在沈阳，我也在。

我爸述说，我妈伴以泪水，白长岁吃肉喝酒，不抬眼帘。父母说完，白长岁也吃饱了，解开裤带并咧开大嘴笑，露出坚固的牙齿。

"我这次来，"白长岁用下巴指我，"来看他。"

父母目光转向我，极为惊讶，我更惊讶。我当时廿五六岁，刚刚结婚，别无业绩。白长岁从遥远的地方来看我什么？面对父母催问的目光，我却什么都回答不出来。

白长岁从钱包里掏出一张照片，是他和我的合影，我家也有。照片上，我们俩长得特别相像。我十来岁，他四十多岁。他说："我老了，想念好多人。除了去世的，我打算见所有我想见的人。我去过云南、青海。在你家停一下之后，到北京的女儿家过年。"

我爸不解："你绕这么大的弯儿，就为看我儿子？"

"难道不行吗？"白长岁反问。

"怎么不行？行。"我爸给他斟酒。

大家还是困惑。白长岁千里迢迢看我，中间应该有一些故事缘由。

白长岁对大家的疑惑幸灾乐祸，展开第二轮吃喝。白长岁是阿凡提式的人物。他曾把师长的土霉素药粉倒掉，在胶囊里放进烟灰。他给战马梳小辫、扎红头绳等。我父母几乎迫切地等他开口，他却若无其事地啃鸡爪子，把炒黄豆一粒一粒丢入嘴里嚼，最后捧起铝盆喝白菜豆腐汤，说："你们这些人脑袋不开窍。"

"开什么窍？"我爸终于等到他说话。

"1970年,"白长岁说,"咱们在沈阳的大西客栈一起住了半年,你在陆军总院治腰病,我治腿。我和你儿子天天在一起。我讲故事,他背诗。我们俩一起上动物园,一起吃糖葫芦,一起参加拥护西哈努克的游行。后来我想,他长得和我这么像是为什么呢,便时不时拿照片瞧瞧,琢磨这孩子现在长什么样啦。昨天早上一醒,我决定到你们家看看,这就来了。"

我父母哈哈大笑,心里还是没太搞明白。白长岁从帆布兜子里掏出一把银锁、一小块麝香和奶豆腐黄油给我,竟没给我爸什么礼物。后来,他们谈至深夜。第二天,白长岁坐四点钟的火车赴北京。

他走后,我父母说白长岁这个人滑稽。而我想起这件事,有时发笑,有时感动,觉出人与人之间确乎存在一种不需要理由的想念,不一定和年龄、经历、性别甚至血缘相关。我没参加过长春围困战,也没在战壕里和他分吃豆饼,但白长岁爱我超过爱我爸,貌似滑稽,实则真切。好比说,一个人如果是一株树,所念者不单纯是土壤、水分和阳光。如果我是树,也想念在我身上落过的小鸟儿,想念风和一去不返的流云。人与人的亲善,并不一定是你对我好,我生感谢,孜孜于施与报。放开眼界看,岁月中那么多温暖的眼神都值得记忆并怀想。我帮过白长岁什么?他在1948年就是骑兵连长,我帮不上他。今夕何夕,却来看我。

去年我与青年点的友人一同回赤峰东方红大队。日落时,从队长秦举的家里出来——在他家吃过饭,说些话,该返回了——秦举用右手攥我左手,走在积雪的村路上。当年,我们这些知青饿了、累了、想家了，就到秦举大哥家吃饭，挤在炕头唱歌。他欣欣然照顾并没图一丝回报，于今依然挂念我们。走到车前，秦举的手还不松开，使我无法用右手握他右手道别。这时候，你觉得手有表情，有语言。手用手温说话，没说完的时候它不松开，比嘴里的话更实在。

白长岁到我家也说："来，把手给我。"他拉着我的手，看手心手背，握紧，好像手就是我。

写到这儿，想起我的老师、诗人安谧（2007年辞世）的一首诗："爬山啦/把手给我/涉水啦/把手给我/那边呼唤啦/把手给我。"

脸庞如葡萄挤在一起看我

坐在车里,我想象着吉普车屁股扬起蔽日黄尘的样子,心里有些不稳,因为有许多村人正眯着眼揣摩这股黄尘,而我在三十年前是扛着铁锹一步步走在村路上的。

村口的榆树如同全村的"教父",伸着干枯的手臂搂着土地上的男女,它甚至想用大骨节的手指抚摸村里最小的婴儿。榆树,我景仰这种树,但似乎说不出来。诗人安谧说:榆树也有松柏的坚劲。安谧当年在山东阳信县用目光抚摸一株斑驳的榆树,"目光还没有延伸到树顶,已经晕眩",他称它为"通天树"。

果然,榆树下聚集着许多人,女人、老人和孩子。远看,他们是站在榆树胡须下面的羔羊。我没有下车,因为不认识这村的人。

离村不远处是一溜儿杨树,它们的躯干在冬日里格外光洁。北方的树是如此干净,枝叶早已删繁就简,脚下是无边的、同样干净的黄土。像这样熟悉的杨树的身影在车窗一掠而过时,有许多话涌上来又迅速消失了,因为眼前又掠过新的熟悉的景物,比如柴火垛和悠游的啄食的鸡群。我分别想对杨树、水井及场院说的话,由于搅在一起而哑然了。诗人桑戈尔曾经歌唱撒哈拉沙漠以南的非洲的树,"像湿漉漉的睫毛一张一闪"。树如诗人，在眼睫毛似的张闪中，包含了哽咽与倾吐。

车停下时，一群孩子扑过来，像鸟儿落在车旁，他们把脸一张张挤在窗下，向里边看。司机下去修车，车里只有我。我置身于孩子们包围严密的眼光之中，不知以怎样的表情还报他们——他们看我如看亲人。一位诗人回到延安时，有人隔着崖畔喊他的名字。这一喊，令诗人心惊落泪，自忖："二十年了，还有人记得自己的名字。"我享受不到这样的荣耀，却也静穆于孩子们挤在一起的脸庞。黝黑、饱满的孩子的脸，如一串串葡萄自天悬下。

搂　脖

人的安全感来自制度和别人的态度。人的皮肤上有一张对外界安全性加以探测的网络，握手、拥抱、拍肩膀都能减轻人的紧张度。人只有在饥饿的时候需要食物，对安全感的需求则是每时每刻。

小孩子为什么总让人抱？大人推测孩子可能饿了、渴了、累了，事实上，被抱是出于消除恐惧。一个新人来到这个莫名其妙的世界，恐惧的东西此起彼伏。焰火升空，小孩子这时需要抱一下，他觉得蹿上天空又散开的焰火吓人。其他的东西——汽车、火车、飞机，都让孩子害怕。在这个世界上，最不应该做的是以自己的安全感代替别人的紧张感。安全感从未与生俱来，与生俱来的唯有恐惧。农民们看到河流污染导致果树结不出果实、不下雨以及云彩成不了团，便开始恐惧，这不是无知与迷信，是人的正常反应。

人活着并继续活下去，除了解决温饱，接着就是寻求安全感。舒适是安全感的一部分，奢华是安全感之极端的表现。服务行业鼓励服务员对客人微笑，是让被服务的人群产生对这个行业的安全感，这种情形在航空业最明显。我看到比我年轻、比我漂亮的空姐的微笑，才没因为坐飞机而吓得哭出来。如果能看到机长微笑就更好了，但驾驶室不让参观，不知他的笑容什么样。

我看过沈阳电视台一个节目,赞 96 岁的关老汉活得幸福。画面上,他穿一件显见刚换上的大红唐装。老汉的头发、脸和手都让人想到了落叶、无水的河床以及孤零零的山峰,一个人耐心地活到 100 岁就变成了这个样子。主持人问:您长寿的原因是什么呀?这个问题是替观众问的,主持人希望我们听到答案后也都活成这样。老汉没马上回答,垂下眼帘,双手插进盘着的双膝里,摇着身子思考。他的儿女也有六七十岁了,抢着说:老爷子脾气好、爱干净、吃粗粮。老汉显出不同意的表情,说出一句令人吃惊的话:

是因为搂脖。

主持人吓了一跳:谁搂脖?搂什么脖?

老汉说:曾外孙子天天放学之后跟我搂脖。

画面播放曾外孙跟他搂脖的场面。曾外孙十二三岁,两个,像摔跤手那样伸臂抱住他脖子,说将他擒获也可以,和老人贴脸搂脖。老人的脸上笑开了花,那是无以言之的幸福,是真实无欺的幸福,是不花一文钱让人活到 100 岁的幸福。

老汉的脖子是他幸福的采集器。他的脖子每天都盼望曾外孙搂一下,长寿因子由此增加一分。这个要求多么小,而这个幸福又多么大。假如有一天我当上委员或代表,最好当上全国少先队副总队长,一定命令:"吾国 3 岁至 17 岁之青少年,回家先跟 60 岁以上老人搂脖贴脸,使之幸福。专此。"

人老了,对幸福的索取缩到只有一滴水那么小,周围仍有恐惧。给他们幸福是先给他们安全感,包括摸摸他们枯萎的手。安全感首先是由制度完成的,而它的末端,孩子们也能完成。

墓碑后面的字

在额尔古纳的野地，我见到一块特殊的墓碑。

树叶散落乡路，被马车轧进泥里。枝条裸露着胳膊，如同雨水中赶路的筋疲力尽的女人。这儿的秋天比别处更疲惫。行路中，我被一丛野果吸引，橘色的颗粒一串串挂在树上，像用眼睛瞪人。我摘下一串看，正想能不能尝尝，脚下差点被绊倒。

——一块墓碑，埋在灌木和荒草间，后边是矮坟。

碑文写道：

刘素莲之墓

荒地之间，遇到坟茔。我想不应抽身而走，坐一会儿也好。这就像边地旅行，见对面来人打招呼一样。坐下，不经意间，看到水泥制的石碑后面还有一行字：

妈妈我想……

"想"字下面被土埋住，扒开土，是一个"你"字。这个字被埋在雨水冲下的土里。

我伸手摸了摸，字是用小学生涂改液写的。字大，歪歪扭扭，如奔跑、踉跄、摔倒。写字的人也像小学生。

我转过头看碑正面，死者生存年代为 1966—1995 年，活了 29 岁。碑后写字的人该是她的孩子。

这么一想，心里不平静，仿佛孩子的哀伤要由我来担当。她是怎么死的？她死的时候孩子多大？我想，她如果死于分娩，孩子也没什么大的悲伤，但不像这个人的情况。孩子分明和母亲度过了许多日夜。母亲故去，他在夜晚睡不着的时候，特别在黄昏——人在一天中情绪最脆弱的时候，常常想到母亲。

儿时，妈妈不在身边，我特别害怕呼啸的风声，和树梢夹缠，一阵阵起伏不定；害怕不停歇的夜雨；害怕敲门声、狗吠和照明弹——那时老有人放照明弹。

现在这个孩子比我害怕和忧伤的事情会更多。我和母亲仍然生活在一起，他的母亲远行了。在节日，在有成绩和挨欺负的时候，或者不一定什么时候的时候，他都要想起母亲。我仿佛看到一双儿童的眼睛，泪水沿着眼眶蓄积，满满的，顺眼角流下。他独自一人来到这里，写下：

——妈妈我想你

"你"字被土埋住了，让人心惊。的确，"你"被黄土永远埋在这里，这是他家人早已知道却谁都无奈的事情。

我想的是，这几个字力量多么大，把一个人身上的劲儿都卸掉了，对我来说，仿佛如此。

大树在风中呼号，我走进邻近的村子，牧草一堆一堆金黄。农妇直起腰，看我进入哪一家投宿。我想的是，文字和周围的山川草木一样，因为真实而有力量。它们结结实实地钻进人的心里，做个窝待下去，像墓碑后面那几个字。

哪一种爱更为稀缺

儿时,父母无数次宽宥我们的过失,我们成人之后,却不愿意谅解父母所犯下的哪怕是一次错误。

身为儿女,掌握着天下最幸福的一种权利,叫作"犯错权",也就是愚蠢的权利、冒失的权利、冲动的权利和无知的权利。

为什么把它称之为"幸福"呢?可以闯祸却由别人收拾烂摊子,而我们在过失中获得成长,当然幸福。

为什么父母一而再、再而三地宽宥我们的过失?表层的道理可以说:他们年长,我们年轻;他们是父母,我们是儿女。

其实,这个道理说不通。

只要是人,都会犯错误。年龄和辈分并不会绕过错误行进。

错误是什么?是当事人判断操作有误而发生的不利不良后果。一个人步入晚年,实事求是地检点平生,伴他最多的只有错误,而非成就。

那么,父母虽贵为长辈,也没办法对错误进行免疫,也会做错事、做傻事、做蠢事。然而,面对犯错而可怜兮兮的父母,儿女的双眼大都射出锐利而绝不通融的目光,如同询问:这么傻的事,会是你干的吗?

对此,父母除了欲哭无泪,只剩下入地无门。

每个人都有偶像,每个人最早的偶像都是父母。

儿女通过父母认识到人类可赞叹的能力。小孩子跟父母学会语言,学会吃饭穿衣,学会尊重、理解和反思。人们最简单的行为,如微笑,都是跟父母学来的,系鞋带、擤鼻涕更不必说。否则,偌大的世界,谁教你喝水?谁教你咀嚼?谁教你屙屎揩屁股?一个人在人间学会了十成的东西,八成都是父母教的,直至老年,天天使用。所谓物理、化学、地理、历史,早就随风而逝了。

我们从来没怀疑过父母的能力。

父母有可能愚蠢吗?不,连这么想一下都不道德。可是,道德归道德,生活归生活。父母限于阅历、限于能力、限于各种各样的因素,也有可能做出愚蠢的事。核心的问题是:愚蠢并不是做儿女的专利,父母也应有份。当你这样想的时候,就使父母有了一些解脱。

然而,儿女曾穿开裆裤,儿女拿土当糖吃,儿女指着太阳问:"那是什么?"这些,父母都看到了。父母看到儿女分明从懵懂无知变得聪明伶俐,不免欣喜。但,儿女从没见父母穿开裆裤,没见父母牙牙学语,没见他们天真烂漫,也就没什么欣喜。因此说,所有的粉丝都见不得偶像的溃败。

儿女在十六七岁时常常跟父母争"人"的权利,让父母平等地把他当人看待。"人权",实际是独立权,特别是犯错权。反过来,父母今日跟儿女说:你也要把我们当"人"看。儿女会怎样?会不解、会愕然、会完全不接受父母的请求,以为他们得了痴呆症。

这样讲,并非危言耸听。许多儿女早已剥夺了父母的"人权",只允许他们慈祥,允许他们养生,允许他们笑口常开,其他的权利基本上没收了。请问,哪位儿女鼓励父母探索,允许他们彷徨迷惘,包容他们做幼稚的事,谅解他们犯错误?如果有这样的儿女,其开明已接近孝的真谛。

人们看到的是,父母的"人权"受到了拘束,譬如独立选择穿衣打扮、交友、娱乐以及财物赠予,特别是找后老伴儿。择偶权是人最基本的权利,很多父母因为惧于儿女的冷眼而罢休。想当年,儿女向父母争来的"人权",为什么不在父母晚年让他们自主享用呢?

人之善,不在长幼,在于诚。诚者,将心比心而已。

儿女对父母放权,是孝。儿女允许父母犯错误,也是孝。孔子在讲孝的时候,精辟地说到一个词——色难。他的意思是说,以好吃的、好穿的奉养父母并不难,把所有的好东西给了父母之后,还能对之和颜悦色,此为最难。

这话真是深刻老到。孝没有止境,止境之深,在于父母老了之后也能体察他们多种多样的诉求,而不仅止于温饱。当年,我们犯错,父母见谅,因为有爱。如今,我们理应还给他们这种爱,此爱极为稀缺,为老人所期盼。

生鸡蛋

故事说,早晨上学前,妈妈让孩子带一只生鸡蛋,晚上完好地带回家。孩子显然是听话一族,若是吾女早抗议了。孩子带蛋上学,在走路、上课时先把它安排好,做作业、玩游戏也忘不了生鸡蛋。但,蛋终于从桌洞滚到地下跌破了,一摊蛋黄。晚上,孩子怯生生告之妈妈。妈妈淡定回答:没关系,明天再带一只。

第二天,孩子视蛋如掌中宝,一举一动先考虑蛋的存在。同学们跳绳,她不能参加;把蛋放在椅子上,盯着它,并看同学嬉闹。守护蛋时,孩子托腮惆怅,想这个蛋夺走了自己的快乐。一天变得很漫长,连气都不敢喘。总算在晚上把蛋放到了妈妈手中。

妈妈捧蛋发言:孩子,这个蛋,你才照顾一天就筋疲力尽,你想没想过,妈妈照顾你已经整整十三年。

读到这儿,我如遇禅宗所称"当头棒喝",这个蛋的存在,时时羁绊并改变着母亲的所做所为。它会随时跌落,而里面是一条生命。母亲用"蛋"做了一个道场,让孩子参悟。所谓乌鸦反哺、寸草春晖,都被这个故事说破。

妈妈说:"这个世界不是有钱人的,不是有权人的,而是有心人的。"关于世界归属权的议论,古今哲人说了很多,我还没听过这么醒目的划分。如果这是孩子母亲的总结,她真成了大师,比林语堂和马克·吐温说的都好。

我们对母爱知之甚少

妈妈在怀第一个孩子的时候,其实也是个孩子。就像人们把大学刚毕业的学生、"80后"的农民工叫作孩子一样。

妈妈怀上第一个孩子后,游玩的习气一扫而光。人游玩有三个时期:整个童年;18岁青春期完成到25岁青春期结束——这是就生理学而言;健康的老年。如花似玉的女孩子从成为母亲的那一刻开始,嬉戏中止。女孩的幻想只是花瓣层层叠叠的舒张,女人则凝心于果实的诞生。如果说世间真有"天意",准妈妈在孕育那一刻与天意接通,投身于一个至尊至荣的称号——母亲。

对准备当母亲的女人来说,什么地位都不能与之相交换。人是最喜欢交换的,譬如用贷款交换房子。然而世上没有什么可以换取母亲的地位,无论金银,以及上校、爵士和亲王的名号。妈妈有了腹中的胎儿后,成为世上最满足的人。在大街上你看孕妇的脸,满足、甜美、沉静,其幸福感比金鸡百花奥斯卡奖得主脸上表现得还深入。舍我其谁、胜券在握、低开高走、鸿运当头这些词均可为孕妇写照。

准备当母亲的女人在天意的启迪下,生出向内的眼睛,于280天里面时时凝视身体里的孩子,像用翅膀环拢幼仔,像阳光照耀花朵。

随着胎动，随着身形隆起，她的喜悦如潮水一波一波涌来，这种喜悦难以跟外人说得清。就"创造、诞生、生命"这些词汇的本真含义而言，唯有母亲的作为诚实真切，其他的创造不过是模仿而已。比如写一部书、作一幅画，甚至造一架航天飞机，都不比孕育一个孩子更有创造力。

婴儿刚出生之际，是世界上最孤独可怜的人。即使他日后会变成超男超女，当时也无人理睬，更没人找他签名，况且婴儿连名还没有。一个四肢蜷曲的肉团子，身敷血污羊水，由于畏光而紧闭双眼。哭是他唯一能做的。此际，珍怜婴儿的人只有母亲。用不讲理的话来说，母亲的珍怜显得怪。这么个小孩与别的小孩并无区别，长相都差不多，又没关于他前途的预言，何以视如明珠？这就是母亲。她之所爱是人间第一项道理。好在世上除去各样的规则之外，还存在母亲的道理，超越于股市输赢、官场升降、情感是非之上而纯洁博大，否则这个世界上早没人了。

孩子降生，母亲自知成为世上最有用的人。没有任命，不须考试，也不用制定规章守则。母亲的目光在孩子身上停留的时间，超过了世上任何人对别人的注意。母亲与人交流，耳朵会分出一半听孩子的声音。母亲看电视，会分一半目光看孩子动作。母亲这时候成了超人，非常聪明。人道是母亲无私，这话有一些不准确。母亲哪里无私？她们无己。从孕育孩子之日始，她就与孩子合二而一，不可分离，二人变成了一个人。女孩变成母亲之后，私心膨胀了百倍，但全部施报于孩子身上。"相依为命"这个词只适用于母子，而非其他人。因此，母亲一定有一些想法与社会不一样。

例如，一个飞行员经过层层选拔，参与一个划时代的飞行。所有人都觉得他幸运、他光荣，他将名垂青史。如果有反对者，必定是他的母亲。

例如，一个运动员打破世界纪录，全社会的人都希望（甚至形成逼迫）他不断打破新纪录，即使累死也应该。只有母亲劝他适时而退。别人兴奋于媒体的喧嚣，母爱痛楚于创造新纪录的艰难。

孩子报答母亲是永远报答不了的。日后孩子成功，回馈母亲的是衣、食、住、行、药方面的便利。这是钱的力量而非人的力量。然而除此之外，孩子也没其他的方式可以表达。孩子如果尚不够社会所说的"成功"，报答母亲的实绩则更有限。这笔账就这么欠着，孩子成为母亲同样照顾下一代的孩子，大体上平衡了。

在人应知未知的事情上，最大的无知在于我们不知晓母亲当年的付出。我们虽然是当事人，但混沌、习以为常、把兴趣投在新鲜事情上，却把母爱的大部分内容忘记了。所记忆的，不过是冰山浮出海面的八分之一。

血中血

一

血,流遍全身,从大脑直到指尖。血,输送养料,运走废物。血是一脉红色的液体,带着温暖,带着神秘的化学信息。血离开身体而凝固,变为炭色的黑。所有的人都把血看作希望,看作亲缘,看作可以浓缩的生命体。它代表着珍贵。打开字典,血字后面是血缘、血亲、血脉……

在人和人的身体之间,找不到一样东西能像血一样相互交换,能够检验。所以说,人世间没有什么比血更值得信任。

二

如果执意探求,人与人之间比血更值得信任,更难以割舍的,更甘于奉献的东西是什么呢?

不是钱,钱在血液的浓度里面会褪色。

不是理智,理智自会趋利避害。

也不是誓言,不是许诺,是一个被人们用得很多的词——情。

三

情在男女之间开出的花朵最鲜艳。然而爱情之情并不朴素,必定要有许多附加。

在爱情、亲情、乡情、友情等的所有情怀里面，情是一个基础，它最朴素，像庄稼脚下那一层土壤。庄稼青枝绿叶，挡住了脚下的土。却不知，这些土里有绿色、有水分，储存着果实的香甜。

人间许多感动人心的奉献发生在没有血缘与婚恋的人群中，而奉献背后的支撑，是说不清的爱，来自情。

四

情是人类才有的同情心。

何为同情？那是捧不起来又放不下去的不忍之心，是看到同类受苦而感同身受的痛楚，是人的高贵之所在。检验一个人是否值得信赖，不妨看他有多少同情心。一个人如果目睹老人儿童罹难而寝食难安，证明此人堪担大任。说明人类的教育体制与成果符合人类本身的利益。同情心，是一个人光彩焕发的标志。

情是良知。

良知在"知"的范畴。知荣辱、知温饱、知善恶，皆为有知。而有良知者尤知责任，尔后敢以弱者的肩膀扛起千钧重担。良知者的责任保证他不对别人的痛苦转过脸去，而去分担不幸者的苦。正是这一种"知"生发出温暖他人的热情与激情。有良知的人并不计较自我得失，他一直向着希望看，他们认为：希望和努力是同一个词。

情是善的积累。

人有许多奇特之处。奇处之一，是两姓旁人亲同手足。中国人尤其看重这一种情谊，称之为"义"。水浒一百单八将，桃园结义刘关张，都在说血缘之外，同性之中的铁血情谊，可至共赴死生。这样一种情谊，由点点滴滴的相处而来，你对我好一分，我报以十分。我对你好十分，你还我百倍。情与情之间，善是越滚越大的雪球，如银行里面巨额存款账户。一个善良的人，助人的人，恐怕想不到自己在别人的情感账户上存了一大笔钱，遇急可用。故而，古人云"勿以善小而不为"，点点滴滴的友善如同长江水源头的小溪流，朝着相同的方向聚拢而来。

五

正如一个人的血液不见得够自己使用，社会医疗机构为此建立了公共血站，备救命之需。其实每个人在各种事情上都无法保证自给自足，更不能保证自己万寿无疆。也就是说，我们生命当中可能潜藏着一项重要帮助，这个帮助必定来自他人。你没有得到，只能说你还没有到达那个时刻。认同这一点，就等于认同我们等待着别人帮助，都有能力帮助别人，只是方式不同。助人等同于助己，等同于往社会的情感账户里面存钱。即使没有回报，也会由于自己有能力付出而感欣慰。

这样的思绪，这样的情怀，比人身的血液更珍贵，比家族力量更强大，如同血中之血，金中之金。

一个词

我住在淮河路的时候，路过一间幼儿园，常看到母亲接孩子。

傍晚，孩子们在楼前横成一队，盯着从铁门鱼贯而入的家长。当母亲绽放笑脸、弯腰迈腿从铁门进来的一刻，这边一个孩子飞跑过来，高喊：

"妈妈——"

在阿姨和全体小朋友的注视下，妈妈蹲下，张怀把脸让开，让孩子冲进来，说两句话，整理衣衫，领孩子欢喜而去。

这时，注视的孩子，眨着眼，表情庄重。他们都知道飞奔出列、撞进妈妈怀里的快乐，倘把妈妈撞得踉跄，则更快乐。孩子们屏息注视别人的快乐，紧闭嘴唇，等待下一个轮到自己。

这一幕让我心动，我紧握校门铁栏，唯恐被家长挤没了观察的位置。这一情景不知能不能叫作"竞赛"，虽然这不是运动会，但母子双方从各自的阵营跑过来，在空荡荡的操场上相亲，赢得众多的目光，积蓄众多的焦急和期待，的确不比一场比赛逊色。对阿姨们来说，这只是一种方法，不使孩子被冒领。孩子们怎么会快乐地冲进一个人贩子怀里呢？不会。

然而，这情景我看过多次后，发现一个男孩子远立一厢。接他的是一位老汉，最后一个进来。他进来后，男孩慢慢走过去，老汉接过书包水壶，默默而去。

这个男孩子在漠然的表情里面，流露着疑惑、软弱以及宛如仇恨式的自伤。只有他不能飞奔到操场中央，在众人的目光下高喊一声"妈妈——"，然后欢天喜地而去。而且没人注意。只有他无此快乐。那些孩子在投入妈妈怀抱的瞬间，放赖、任性、尽显顽劣本性，而他不能，像持重的大人一样与老汉无语归去。

这时，我不禁为我父亲悲伤。他说，在童年和伙伴玩得高兴时，有人喊着"妈妈"跑回家，他立刻大哭而返。因为在他襁褓之际母亲就死去了。他恐惧黄昏，黄昏时会有众多的母亲倚在门框，悠扬地呼喊自己孩子的名字，他亦大哭而返。他不知道自己为什么没有妈妈。一次，游戏中当一人说出"我的妈妈"时，我父亲竟掴了他一记耳光。

这个老汉接走的孩子，双亲也许在外地工作，也许离婚，也可能辞世了。孩子每天傍晚则要面临创痛。每念及此，我亦悲从中来。

在电视里，我听一位现役女师长回忆往事。当说到她与儿子两地绝隔，见面时，5岁的儿子不叫"妈妈"时，女师长涕泗滂沱。她说用尽了所有方法，儿子就是不叫。她甚至把孩子打得乱翻乱滚，儿子依旧缄默。子不认娘，师长大恸。但她恐怕不知，当儿子在童年看到别的孩子叫"妈妈"时，内心也同样痛苦。"妈妈"这个珍贵的称呼，像一株幼苗，孩子用尽了所有力量也没使它长成树，因为没有水与光线。因此，"妈妈"不仅仅是一个词，叫不出"妈妈"也不是一种习惯或语言学的问题。

天下的孩子哪有叫不出"妈妈"的呢？孩子来到人间最先学会、甚至未学就会的词就是"妈妈"。世上有许多种语言把母亲都叫"MA——MA"。我想那个最后被老汉接走的男孩最大的愿望，不外飞跑高喊"妈妈——"，带着长长的尾音。我想，在他心里梦里，曾每每喊过。只是不能当众喊出。喊一声"妈妈——"，心里不知抖落多少尘土。

在某些具有超验意义的书中，曾谈某些声音对人心灵的特殊意义，譬如念哪些字音可以治疗哪些病。我还没有从临床的病案中看到这种试验的结果。但我相信某些词语对人不可或缺的意义，譬如"妈妈"。我又想起了另一件事，今年"三八"妇女节，杭州市妇联的人买了礼物到孤儿院和女童一起联欢，这些女童由于性别原因、先天残疾或父母未婚先育而被父母遗弃。当孩子们弄明白今天的节日其实是成年妇女的节日时，竟天真地说：

"祝我妈妈生日快乐！"

这些孩子都知道自己是被遗弃的，也知道在世上有一个自己的妈妈，于是把美好的祝愿献给她的妈妈。童言无忌，闻者心酸。平时，我们说自己如何爱孩子说得太多了。我们只知道孩子需要我们，依赖我们，事实上，他们也深深地爱着我们，我们知道吗？

西伯利亚的熊妈妈

去年夏天,我到南西伯利亚采风,走到小叶尼塞河与安加拉河交汇的一个地方过夜,住在原来的地质队员的营房。房子里茶炊、被褥完好,方糖和旧报纸仍放在那里。二十年了,没人动。

正喝茶,向导霍腾——他是图瓦共和国艺术院的秘书,胡子须永远沾着啤酒沫——说领我们见一个人。

我们开车走进森林,在一幢木房子前,一人远远迎接。

"这是猎人德维—捷列夫涅。"霍腾介绍,"他想见中国人。"

德维—捷列夫涅六十多岁,粉皮肤,楚瓦什人生就三岁婴儿般好奇的眼睛,缺左小臂。这个名俄语的意思为"两棵树"。

他家墙上挂着熊的头颅标本。熊的眼神像德维一样天真,脸上挂着各种各样的纪念章。它微张着嘴,一边的牙齿断折了,顶戴一只新鲜的花环。

德维在熊面前述说一大通独白。翻译告诉我,"两棵树"对熊讲的话是:"熊妈妈,安加拉河水涨高了一尺,森林里又有五种野花开放,拜特山峰从下午开始变青。"

我听过脊背发紧,太神秘了。

霍腾告诉德维："中国人给你带来了青岛啤酒，你喝了之后会觉得日本啤酒简直是尿，连洗屁股都不配。而他们是来听故事的，把故事告诉他们吧，中国人都是很性急的。"

德维新奇地端详我和翻译保郎，从箱里拿出五罐啤酒摆齐，"啪啪"打开，一口气一个，全喝光。

"故事，"德维用歪斜的食指在空中划个圈儿，涵盖了弹弓、琥珀珠、地下的木桶和铁床，"它们都是故事。"

"讲熊的故事吧。"保郎说。

"这是熊妈妈的故事。这是我第三次讲这个故事，对中国人是第一次。"德维又喝三罐啤酒。"不喝了，剩下的让野兔养的霍腾喝吧。那一年，我领儿子朱格去萨彦岭东麓的彼列兑抓岩羊。朱格喝了山涧的水之后就病了，估计水里有黑貂的尿。我们只好住在山上，住了七天，吃光了干肉。野果还没长出来，我们快要饿死了，朱格会先饿死。他身上轻飘飘的像云彩一样，这是我最不愿看到的。"

"那时候动物也没有食物，春天嘛。它们不出来，我打不到猎物。有一天傍晚，运气来了。我在一个岩洞边发现一只熊仔。它饿得走不动了，舔掌、喊叫。我架好猎枪，这时候空气震颤，刚长出的树叶跟着抖——母熊在树后发出低吼，就是它（德维指墙上的标本）。我明白，这时枪口不能指向它的孩子，于是放下枪。母熊转身走了，它走得很慢，也是缺少食物引起的虚弱。我看它走的方向，突然明白，那是我儿子躺着的地方。我摇晃着回去，见朱格躺在地上的树枝上。他看看我，转回头。我手里什么猎物都没有。在离我们十几米远的树后，母熊看着我们。过一会儿,它走了。母熊回来时,带着熊仔,站着看我们。"

"这是什么意思?"保郎问。

"意思是,它们没食物,要饿死了,想吃掉我们。我们也没食物,想吃掉它们。但是,我没把握一枪打死母熊。它会在我装子弹的空隙扑过来。我可以一枪打死熊仔,母熊也会一掌打死我儿子。然而我有枪,它不敢。"

保郎问:"熊知道枪的厉害吗?"

"当然。熊像人一样聪明。我们就这样对峙。它们母子、我们父子,静静坐着,谁也不动。我儿子朱格已经昏迷过去了,腹泻脱水,加上饿。我心里懊恼,但没办法。我一动,母熊就会扑向我儿子。

"母熊的眼睛始终看着我的枪。它的小眼睛对枪又迷惑又崇拜。好吧,我举着枪,走到悬崖边上——我身后十步左右是一处悬崖——在石头上把枪摔碎,扔下去。母熊见到这个情景,头像斧子一样往地上撞,这是感激,我能看到它流出的眼泪。这回公平了,我想,搏斗吧,要不然你们走开,像陌生人那样。

"熊不走,也不上来扑我们。这下我没办法了,我毁掉枪,表明伤不到你们,还要怎么样?再想,母熊是想为幼仔谋一点食物。为了让它们走,也为了我儿子,我闭着眼用刀把左小臂割断扔了过去。上帝啊!熊仔撕咬我的左臂,上面竟然还有我的手指。你们想不到后面的事情,母熊走过来舔我的伤口。它的带刺儿的舌头舔着上面的血,我闭着眼睛对熊说:吃掉我吧,但别伤害我的儿子。

"可能我昏了过去，总之被母熊的吼声弄醒。它看着我，然后，疯一样奔跑，从悬崖扑下去。我费了很长时间才弄明白，母熊自杀了。要知道动物从来不自杀，但熊妈妈从悬崖跳下去了。我胆战心惊地爬到悬崖边往下看，母熊躺在一块石头上，嘴和鼻子冒血。它死了。"

德维用残臂抱着头，说了一大段话，保郎翻译不出来。我想问："后来呢？"没敢也没好意思问。

霍腾说："告诉他们结局，德维。"

"结局就是，我们活到了今天。我儿子朱格去铁匠家取火镰，明天回来。"

"说熊。"霍腾提示。

"唉！我们吃了熊的肉，活了过来。我又趟着冰水给熊仔捞来很多鱼，它吃饱走了。熊妈妈（指标本）被我带回来。我的伤口被它舔过之后好了。"德维给熊的嘴边塞一支红河牌香烟，往它头上洒一些啤酒。

"这是哪一年？"我问。

"普京第三次到我们图瓦打猎那年。"

"2006年。"霍腾说。

之后，德维问："中国还有皇帝吗？长城上有酒馆吗？中国女人会生双胞胎吗？"我一一作答，却不敢看墙上的熊妈妈的眼睛。为了熊仔，它竟有那么大的勇气。

布袋记

故事说，一人娶妻，领媳妇回老家度蜜月。一个月过去，临走前，婆婆送给儿媳妇三个布袋。婆婆说：平时你不要打开，如果你们有了争执，生气的时候打开看一下。

儿媳回答：婆婆，我和您儿子永远也不会争执，不可能生气。这三个布袋永远也不会打开。

婆婆一笑未言。

小两口开始新生活，恩恩爱爱，媳妇把三个布袋全然忘记了。一次，他们俩因为一件小事发火。媳妇觉得丈夫小题大做，越劝火越大，后来丈夫竟摔起东西来。媳妇气坏了，想不到他竟如此，简直不可理喻。生过气之后，她想起婆婆送的布袋，找半天才找出来。一个布袋外面写着：第一次吵架。她"哼"地打开看，棉花包着一个塑胶奶嘴，纸条上写着："这是用过的奶嘴，时在六个月。"

媳妇拿着这个旧的、深黄色的奶嘴看了又看，仿佛看到丈夫六个月的情形：穿开裆裤、叼着奶嘴咿咿呀呀地摆手。她"扑"地笑出声来，联想丈夫吵架的凶劲，越发觉得他可笑。媳妇是个聪慧的人，知道婆婆的用意——丈夫不过是个孩子。

是的，人虽然长大了——心理学家说——有时还会突然短暂地返回儿童期，很幼稚，不讲道理。如果你拿他当孩子看待，一切都迎刃而解。作为成人，他很快会从儿童期走出来，恢复成人角色。媳妇松了一口气，暗自感谢婆婆。又想，另外两个布袋装的是什么呢？想打开看看，领教婆婆的智慧。但她没有这样做，希望永远不打开才好。

后来，每当丈夫无端发火，媳妇就想起奶嘴，心里说："奶嘴，孩子。"随他青筋暴跳，雨过天自然晴。而后，丈夫自会赔礼道歉。

有一次，丈夫喝酒，整夜未归，她急了，说几句引起丈夫急恼。媳妇也急了：你喝酒，怎么还有理？这哪是奶嘴孩子的行为？这简直是无赖。恼怒之余，她打开了第二个布袋，里面是一把木制手枪，纸条上写："玩具。"

玩具？媳妇翻来覆去拿这把木枪看，悟道：丈夫是男人。在家里，他是丈夫，在社会上，就是一个男人。像这把小手枪所喻示的——童年的丈夫拿这把枪穷兵黩武，显示自己是个英雄。是的，像女人化妆掩饰真我，男人也用酒精伪装成一个英雄。虽然大部分男人都不是英雄，上战场多数会拉稀，但他们需要扮演这一角色。

媳妇为之释然，婆婆告诉她丈夫的另两重角色——孩子和男人。之后，丈夫凡是在外边"男人"的时候，她都一律支持并劝他少饮多餐。丈夫欣欣然。

第三回，她和他因为一个女人吵架。这个女人跟丈夫相熟，电话短信之类，令她很反感。她觉得表达自己的反感是再正当不过的权利，他却讥她神经过敏，自找烦恼。

她打开婆婆送的第三个布袋。打开前，她有些手抖。当年说永远也不会打开任何一个，现在却已经打开了两个。还剩一个了，再吵架怎么办？

打开布袋，棉花里包着一把剪子。

她脑袋"嗡"的一声，惊诧：难道婆婆让我们分开？第一次吵架，合好；第二次吵架，合好；第三次再吵，剪断尘缘，分开算了。媳妇想到这儿，竟"呜呜"哭了起来。哭过，她认为没这么简单，哪有父母盼儿离婚的？找纸条却没有。剪子到底是什么寓意？她怎么猜也猜不出来。

婆婆家很远，没安电话。媳妇请假去了一趟，总该探望老人。到了那里，媳妇奉献礼物，梳洗歇息。婆婆笑道：是为剪子的事来的吧？

媳妇的脸"腾"地红了，心想婆婆简直成了人精，说"是的"。

婆婆说："孩子，剪子用时是分，用过就合了。剪东西时不碰对方的锋口，合在一起，彼此藏锋。吵架不要紧，就像剪东西，剪去七七八八，但总要合上啊。你悟吧，剪刀的道理多着哩……"

婆婆说完，媳妇恍然大悟，两人欢喜自不必提。

琥珀发卡

这个女人从街道办事处走出来，时间是 14 点整。阳光刺眼，人流如织。一排穿彩裙的姑娘拍手呼喊，推销一款酸奶。无腿的乞儿伸出手，说：好人一生平安。女人挥手把他赶开。这是四川绵阳的繁华街市。

女人身边有男人，他们三十岁左右，衣装考究，神色漠然。这种表情对他们来说，已算友好，至少礼貌。两人刚办完离婚手续。

女人看表，14：00。今天是护士节，她所在的医院有活动，每位护士都有奖品，可能还有红包，当然她也有。

女人向男人伸出手，道别。也许这是最后的握手或称肢体接触了。男士摆手：你在这儿等一下，我马上回来。

女人说：我有事儿。

男人：等 10 分钟。前面就是那家店，给你买个琥珀发卡。

女人：不必了。

男人跑远，100 多米外那家商厦，里面卖高级发卡，每个 200 元、500 元，好的上千元。去年，女人过生日要一个发卡，男人竟说：发卡二三百元？够失学儿童一年学费了。你有病！

女人告诉他：头发是女人美丽的一部分，它不是拖布。如果发卡上镶琥珀，还会上千元，物有所值。

男人说：头发剪掉卖了也值不上 20 元钱，凭什么戴一千元的发卡？荒唐！

女人反诘：美丽无价！

诸如此类的争吵还有很多，他们离婚并没有骇人的事件。简单说，是因为价值观不同，对钱以及使用钱的观念不一样。

比如，她说吃剩饭有害健康，倒掉。他说，扔粮食作孽。看亲友，她想买花篮，他说买牛奶。每次聚会，他带回一堆打包的饭菜。他甚至把单位作废的文件用车驮回来卖钱。跟他在一起，女人感到窒息。

女人看表，14：20。分手了，她真不稀罕发卡之类的东西。饰物和衣物一样，与心情在一起才美丽。她心急，14：30 就开会了，她却在大街上等一个前夫的什么发卡，这才叫荒唐。

可是走掉也不好。女人朝那家商厦走，准备劝他别买了，当然要谢谢他。至少他还记得有这么一件遗憾的事。

快到商厦了，男人隔着玻璃门朝她摆手，笑着。他穿一件蓝 T 恤衫，白领，手里晃动金黄色的发卡。这一瞬，大地剧烈抖动，如野马。人们的叫喊声淹没在建筑物倒塌的轰隆声中。地震了！女人想跑却迈不开步，地在晃。

静了，楼房倒塌的土灰笼罩街市。女人蹲着，用手袋盖着头。她站起来，惊见商厦已经没了。它一半倒塌，另一半还立着，像被劈开。男人——她前夫被埋在山丘般的瓦砾堆里，砖石离她只有几米远。

恍惚半天，她才接受眼前的现实。前夫在废墟里？泪水突然涌上眼帘。她拼命地捡砖头、搬根本搬不动的预制板。

刹那间，女人脑海浮现一串画面：每天晚上，他给她洗脚，边洗边兑入保温瓶里的热水。洗她的裙子用筐晾晒，防止拉长。新婚之夜推醒她一起数星星……

如果不为她买发卡，他不会埋在瓦砾下面。如果不离婚，他们不会来这里。女人觉得地震是老天爷对她的惩罚。

搬砖头，再搬……她的努力太微末了。她忽然得知：价值观的核心是活着，废墟下面那个在门口举着琥珀发卡的男人，是她最重要的人。

女人在余震中受伤，转入沈阳某医院治疗，在病床上讲述这段经历。她手里拿着琥珀发卡。其前夫已遇难。

仿佛就在昨天

去年 12 月，我听到王志杰病重的消息后十分吃惊，就好像听说一只矫健的豹或者一辆披荆斩棘的拖拉机病了。病了，差不多谁都会有这种情况。但我听说志杰躺在北京医院的床上，话语不多，走路也需要别人搀扶的时候，心里就十分难过。

志杰是这样一种人，你很难孤立地想起他。就是说，当说到"志杰"的时候，必然带着一些场景、一些欢乐、一些友情。你无法单独描述他的聪明、真率与洒脱。那么多跟志杰有关的故事包围着我们。我甚至在写下这些文字的时候，都感觉他正站在边上看，露出微笑，然后说出一句使人开怀的妙语。犹如走进红日公司在京东宾馆平房那个宽大的走廊里，墙上挂着 19 世纪欧洲的带玻璃罩的街灯，志杰左手咖啡，右手绿茶，魁梧地坐在"酒吧"一厢，纵谈辽沈战役中四野五纵的作战部署……

志杰像风，像直射而来的阳光，用他明朗直接的生活态度感染着别人。他没有忧愁，又仿佛认定谁都不应该有忧愁，用幽默的推土机掩埋着自己和别人的阴郁。所以，跟他在一起，即使满怀心事，也会获得暂时的轻松。甚至问自己：当忧愁到来的时刻，不是也可以忘记忧愁吗？在生活中，我们命里注定要肩扛自己所有的困难，但是跟志杰在一起，至少会感到生活无论多么滞重，它都是可爱的、有趣的，比挣扎更有意义的是人的生机。当志杰的率真达到登峰造极的时刻——譬如置生意于脑后，醉心于军事史、车、与朋友倾谈的时刻，不由得想起陶行知说过的那句话："千学万学，学做真人。"这是人生的至高境界，志杰早已穿行其间了。同时我们也会反躬自问：如果所有的人生乐趣都被日复一日的劳作挤跑了，这种劳作又有什么意义呢？

后来，我听到朋友们对志杰在病床上的表现很惊讶。那时他沉病不起，却平静，也淡漠，但没有痛心疾首与惊惶失措，也没有企盼奇迹到来的可怜。如同那些有尊严的动物，它们在临终前平静地走进密林深处，像老虎、大象和猎豹。这又是志杰的作风：当生命失去了龙腾虎跃的姿态，离开了创造与享受之后，不妨抛弃它，像抛弃一件身外之物。

然而志杰以智者的洒脱从这个世界上翩然而去的时候，却把悲伤留给了我们。我在昨天早上接到路毅的电话之后，一整天中，无论做什么，脑子里都有声音在跟志杰对话，志杰也在不停地和我说话。后来，"黑豹"乐队那首歌在心底萦回：

过去的往事总回到我的眼前，

占据我脑海中全都是你的笑……

志杰太年轻了，只有36岁。这是我们悲伤的主要理由。虽然这一切对他已经没有意义了，但我们在余下的生活中却需要志杰。他去世两日了，我还想向他描述一下窗外的晴空，麻雀在雪地啄食，还有我听到的一些新的笑话。我觉得生活中所有的美与幽默仍然有志杰的一份。

我说过无法孤立地想到志杰，他的身影总是与朋友们重叠在一起。江滨的豪迈、华波的空灵、路毅的睿智、小钢的善良、建民的侠义、周成的勤恳，还有毛毛、米佳、文文。像电影一样，这么多亲切的脸庞浮现在友谊的海洋上，和王志杰的名字牵在一起。志杰，我们都爱你，我们也试图把悲伤从你母亲、妹妹和王文花那里分担出一些。我们相信你也在想念我们。像那首歌中唱的：

你现在好吗？你和谁在一起？

离开了我们，你是否感到孤单？

然而，这种询问对志杰仍然是不必要的。无论他去了哪里，都像风一样吹散阴郁，穿窗而过的阳光洒在每个人的脸上，在他周围，会爆响一阵又一阵的笑声，仿佛就在昨天。

苇岸在哪里向我们微笑

6月16日，我躺在邮电医院的病床上，听妻子读一篇怀念苇岸的文章。我的左眼做了一个小手术，双眼蒙了三天。眼睛在纱布里无论闭着或睁开，都是无边的黑暗。人们只习惯夜里的黑暗，也就是说，造物主总要在黑暗之后还给你光明。而持续的黑暗，譬如72小时的黑暗会引起恐慌，这是最重要的信息源——视觉中止工作后，大脑所引起的混乱。

妻子在读报的时候，我感觉她是用声音把一个人从文章里挖出来，或者说是写文章的人突然向我们大声说话，不可思议，这和阅读有很大的不同。

这篇林莽所写的文章说了苇岸的善良与清净。这我都知道。就在这篇文章朗读的声音里，脑海里突然加入冯秋子在电话里的声音："苇岸临终的话，是他妹妹记录下来的。他说，我恐怕刚活到寿命的一半，我刚刚掌握表达题材的方法……"冯秋子的声音一如往日的诚恳，又迫急，如在掩饰着难过。

妻子读道："……亲友们把苇岸的骨灰掺入花瓣，洒在他所深情描写过的故乡——昌平北小营村的麦田……"

麦田？苇岸在《大地上的事情》中说："麦子是土地上最优美、最典雅、最令人动情的庄稼。麦田整整齐齐摆在辽阔的大地上，仿佛一块块耀眼的黄金。麦田是五月最宝贵的财富，大地蓄积的精华。（静之在《割麦人》中说：那些麦子等着/倒下/像一些遥远的朋友/走过来/倒进怀里。他在《庄稼》中说：阳光的神辇下/庄稼是最结实的道路/你的头颅在麦子之上/毛发和麦芒一起摇摆）风吹麦田，麦田摇荡，麦浪把幸福送到外面的村庄。到了六月，农民抢在雷雨之前，把麦田搬走。"

妻子读："……大地和河流里。"

"你说什么？"我惊异于我的这位朋友的归宿，由我妻子告诉我，仿佛她已经看到了，用一种清亮的、近乎朗读的声音说出来。

妻子又读了一遍："……洒在……北小营……麦田……河流"。

那些轻轻一碰就碎的、银灰色的矿物质，和花瓣一起，由亲友们的手抓起来，在风中撒开，纷落在北小营村的大地里。这里是华北大平原开始的地方，它的西部和北部是波浪起伏的环形远山，即壮美的燕山山脉的外缘。苇岸在小的时候，常于黄昏痴想太阳落在了山里的什么地方。

而苇岸仍然笑着，他的笑有些沉吟的意思，有些抱歉的意思。他说话前的口头禅是"就是说"，然后说下面的话。我们第一次相见是在翻译出版公司门前，黄"面的"在北太平桥大街上驶来驶去，一些北京人隔着马路高声应答。苇岸穿一件茶色翻领短呢衣，个子很高，说完话，还笑着，是一个谦和而矜持的人。而他的笑容在宁静里带着坚定，或许也可以说执拗。

"原野，就是说……"他仿佛边说边想，垂下了眼帘。

在我思绪的天幕上，苇岸的笑容浮现在他的撒骨灰的亲友们的上方，仿佛在观察他们怎样撒，撒在哪些地方，他常常是挑剔的。然后转脸说：

"就是说……"

我的左眼一阵辣疼，当含盐的泪水爬过眼球的创面时自然会疼。妻子停止诵读，取一块纱布为我擦，说："泪里还有血呢，别念了。"

我摇摇头，其实这和文章无关。

有些人死了之后，我回忆，是他安详合眼的情形。而他生前的表情声音举止全消失了，怎么也想不起来，这个人的确是死了。而有的人，比如苇岸，你想不出他阖目而逝的样子，在记忆中，是他的笑和话语。因此苇岸也不相信自己会死去。

勃洛克说："我们中间许多人，那些年轻的、自由的、英俊的，都由于没有爱而死去／啊，在你辽阔的大地上，给我们荫蔽吧！"（《秋天的意愿》）没有爱不是缺少爱，而是缺少得到爱，如同早夭的诗人雪莱、叶赛宁以及海子、骆一禾。苇岸是个爱的诗人，他的内心如同他脸上流露的柔和笑容。他说"我希望我是一个心里无怨恨的人。每天，无论我遇到谁，都把他看作刚刚来到这个世界的人。"这如同惠特曼说过的："我想凡是我在路上遇见的我都喜欢。"苇岸热爱土地、庄稼和天空，推崇谦卑精神和干净的生活方式。事实上，人对人的态度不见得能完整透露人的天性，而对自然的态度，却在展示人心深处的悲悯。

苇岸在《大地上的事情》中写道："麻雀在地面上的时间比在树上的时间多。它们只是在吃足食物后，才飞到树上。它们将短硬的喙像北方农妇在缸沿砺刀那样，在枝上反复擦拭。麻雀蹲在枝上啼鸣，如孩子骑在父亲的肩上高声喊叫，这声音蕴含着依赖、信任、幸福和安全感。麻雀在树上就和孩子们在地上一样，它们的蹦跳就是孩子们的奔跑。而树木伸展的愿望，是给鸟儿送来一个个广场。"

显见，这是一个心地纯净的北方诗人所流露的对生活的深爱，这种爱与朴素都是当今一些写家最需要然而最缺少的。

"……两只麻雀蹲在辉煌的阳光里，一副丰衣足食的样子。它们眯着眼睛，脑袋转来转去，毫无顾忌。它们时而啼叫几声，声音朴实而亲切。它们体态肥硕，羽毛蓬松，头缩进厚厚的脖颈里，就像冬天穿着羊皮袄的马车夫。"

"挡上窗帘吧。"我告诉妻子。人的眼睛遮蔽24小时之后，会畏惧光。从纱布与墨镜后面逼来的红光使眼球发酸。就是说，苇岸因病去世一个月了。年初，我在辽宁文学院讲课时曾说，在2020年左右，在中国应该出现的文学大师当中，包括苇岸，如果他始终坚持自己的操守，始终在文体和诗意上努力，始终怀有对大地的饱满的爱。我说这番话的时候，没有想到，一个人成长的所有因素有时会归结到另一个因素上，即健康。苇岸一直瘦弱，我对他的素食，在尊重之余曾有隐忧。他痛恨暴虐、欺诈、贪婪和安逸。但他是个容易被欺负的人，也是不通顺变的人。或许还由于固执自己的信念而变得孤愤。然而这些都没有使他放弃用辽远的目光和朴素的爱日夜倾听大地心脏的声音。

当他把清澈的思想如根须一样延伸到土地深处的时候,一切却突然静止,像里尔克所言:"我所歌唱的一切都已变得富足,唯有我自己遭到它的遗弃。"

这一切委实不是我们所能洞悉的。

我觉得,被撒在昌平北小营村的苇岸的骨灰,一些已经被生长到麦子的身体里面,另一些被河水带到了更远的地方。对此,朋友们要说什么呢?我在黑暗中想了好久,那是叶赛宁的一句诗"在大地上我们只过一生"。苇岸最喜欢这句话,他如果知道,会浮出没有矫饰的微笑。

苇岸(1960.1.7—1999.5.16),著有散文集《大地上的事情》。

血脉河流

一

每个人有关美好的记忆,储存在大脑主管美好的区域,是一些美好的往事、风光和一张张面庞。这一区域的核心信息,必与亲人相关。

"哥哥",不仅是一个词。在记忆里,他是让你仰望的那个人,是先知,是在深夜和你研究星星与神灵的伙伴,是用铁拳保护你的卫士。

"姐姐",是拉着你的手的小手,是教你用手绢擦鼻涕、教你画云彩并把白云涂成蓝色的教员。由于你告状她被父母训得痛哭流涕仍然背着你看电影。

"弟弟"天生是一个"暴君",不讲理但每天都能得逞。你虽幼稚仍然为他的幼稚而喜。他依赖你,他在人多时紧紧攥着你的手。每次说话,他都把激动人心的一个词送给你,这个词叫"哥哥"。

"妹妹"是梳小辫子的弟弟。妹妹对蝴蝶、裙子和小镜子着迷。眼泪是妹妹的伴侣。美与妹妹相连。妹妹的红脸蛋、头发、小手指和小脚丫都让人喜爱。

说到"父亲",那是一道斑驳的城墙,高而厚,然而砖已经开始风化。青砖不青了,仍御风雨。

"母亲"是城墙下面的河,默默流淌。

"爷爷"是瘦伶伶的榆树,"奶奶"是不开花的老梅。

这些记忆,包括这些比喻是一个人长大之后无法替代的黄金底片。与最好的朋友也产生不了童年的兄弟关系,因为你长大了。也不可能有人真正成为你的姐姐、弟弟和妹妹。当然人没有第二个父母亲。

这就是亲情。

二

有人说,亲情是割不断的血缘纽带。

断与不断,在于你是什么样的人。

我看过同胞之情,甚至母子之情也会一刀两断。此刀为双面刃,一面叫婚姻,另一面叫钱。

说钱。钱真是厉害。我小时候见过有人把一枚"乾隆通宝"磨成锋刃,夹在手指间飞快地割衣服。钱是刀。钱在古汉字里原本应"刀"与"泉"的称谓。

当然,钱做过无数造福人类的工作,修桥铺路,力大无穷。可是钱也能离间一切人的关系,包括亲情。

钱本无辜,是爱钱的人把脚后跟都爱软了,抛弃了与钱无关的所有联系和感情。马克思说,它"撕掉了温情脉脉的面纱"。

所以说,没有坏钱,只有坏人。

所谓好人,是面临二选一的时候可以拒绝包括钱在内的一切诱惑,选择自由、人性和道义的人。

三

在亲情面前，钱的作用当然不只是破坏与损毁。钱能够建设亲情，如果一个人想建设的话。

可是，如果钱与亲情形成对立——比方说，一个人有超越亲情的更高尚的目标值得追求，该怎么办呢？

真的如此，牺牲亲情也是值得的。这里说的"牺牲"只是受一些委屈、背一些包袱，而非绝情。

前面说到自由。自由是人类最有价值的财富，是追求有价值的人生目标的精神基础。至少，人的心灵应该具有无限的自由，包括支配自己的财富。

前面说的道义。道义当然高于财富，高于世俗的观念，也高于亲情。为道义散尽钱财，是专属于人类的伟大，芸芸众生，无几人能及。

四

回到亲情。比尔·盖茨捐出580亿美元的全部财产，从事慈善。再过90多年，人们盘点21世纪的大事件时，此事仍可名列前端。不光是说他钱捐得数额巨大，还在于这件事将对许许多多的人，特别是能够影响别人命运的富人们产生深远影响，使财富的存在更加合乎伦理，使人们思考钱的运用在哪种意义上更加合乎多数人的利益。

给孩子留不留钱，对盖茨来说不是困难的选择。他想让孩子通过劳动接触到钱，而不是通过父母。

钱施于道义，如同栽种一片生生不息的树林，有数不清的生命体从中欢喜乐生。也像黄金底片，永久记录人心的美好影像。

五

有的人，在一生中某一个时刻，会突然做出让所有人惊讶的选择。由于这个选择太不平庸、太不同于众人，也不太像他自己，因而让人感叹不已。

时间会慢慢证明，如果这是一个利于他人的选择，正是一个人的高贵所在。我小时候记得，曾有一位姓甘的将军回家务农。人们由惊讶变为赞叹。

生活里面，每个人都为面临的事情疲于奔命，事复有事，没完没了。人们记不得自己曾经还有过什么理想，还想不想从事茨威格父亲对他说的"超越金钱的更有意义的事情"。

可是，那一种愿望，像灵魂、像宿命一样追随着一些人。世事沧桑，竟然没使它泯灭。于是，它会在某一刻突然冒出来，这时不可轻视它，更不要藐视它。努力完成它，就让"人生意义"这几个字有很高的含金量。

使自己的行为让许多素不相识的人得到温暖、安适和尊重，是"高尚"这个词确切的含义之一。人在漫长的一生中，获得过别人无数的帮助，记不清了，有机会还给社会一部分，不只是报恩，还会获得内心的平衡。有别人体会不到的幸福感，这也是"高贵"这个词的确切的含义之一。

第四辑

树木

在库伦沟林场跑步

早晨从库伦沟林场的招待所醒来,感觉像花朵从露水中醒来。后窗连着山坡,茂密、修长的青草上面长满了野花。花朵好像刚看完戏,还在睁大眼睛回忆剧情。前窗的对面垛着伐下时间不长的红松,鳞片还是新鲜的,松脂的香气整夜在我的房间中萦绕,梦境仿佛镶嵌了琥珀。

出门跑步,山坡传来群鸟的喧腾。我几乎不想跑了,想钻进山里把藏在暗处的小鸟一只只揪出来,看是什么样的鸟在唱这些歌。人的眼睛没什么能耐,见到的只有松树,见不到鸟。这里的空气比刚开瓶的香槟气味还香。人在城里待久了,连街道垃圾都辨不出臭味,鼻子来在这里像一只刚刚被救活的狗。没想到,大地上竟有这么多种香气,让人晕眩,好像香味挤跑了血液里的氧。香味在脑子里冲撞,人走起路来跌跌撞撞。我有些舍不得大口呼吸,这么好的空气用来跑步呼吸都糟践了,应该慢步走小口吸气,跑步浪费香味。

水泥大道笔直地通向远方,没有车过,好像白修了。水泥路上稻草袋子的花纹依稀可辨,真没怎么过车。跑吧,在这里跑步是专场,周围一个人都没有,只有天空上的白云和藏在树里看不清的鸟。皇帝跑步也不过如此待遇——我对自己说——虽然没听说哪个皇帝跑步。正在想，忽见路边房顶站三四个砌砖的人，他们停下手里的工作，看我跑步。他们的脸像砖一样烂红，身上彩色的半袖衫已被晒褪了色。我看他们，他们不好意思了，低头砌砖，弯腰时偷眼觑我。

跑出三公里，路边彩旗招摇。一块横幅写道"欢迎来到庄园"。我从彩旗的夹道跑进去找这个庄园，跑了两公里也没见什么狗屁庄园，并想象好多人拐进来找不到这个庄园而折返，庄园因此破产了。当然，真正上这个庄园吃与宿的人，都是开车人而非跑步人。因此，他们还是破不了产。两公里的夹道彩旗证明他们活得很好，至少有流动资金买几百面彩旗在风里飘。

回到大道上慢慢地跑，心情好，想唱歌并感到会唱的歌太少。在这么好的环境里，一气唱一百首歌一点不为多事，把歌唱草原的、歌唱河水的、歌唱爱情的、歌唱母亲的、歌唱友谊的歌唱一遍，才跟周围景色配套，当然还应该歌唱瓦匠、彩旗和松树。作曲家为什么不谱歌唱瓦匠的曲呢？他们住的房子难道不是瓦匠搞的吗？我愉快地胡思乱想。左边草原出现牛群，三四十头，像红色、黑色的石头堆在薄雾里，牛群后面是一片桦树。桦树长在平地而不是山上，它们仿佛只愿意跟修长的青草长在一起。白桦林那么密，像挽着裙子的姑娘们相互拥挤。白桦树纤细秀美，有的两三株长在一起。它们叶子碧绿，比涮火锅的青菜还要绿，衬出树干的皎白静美。人进白桦林里更应该唱歌了，不一定非唱俄罗斯歌，唱哽咽的日本歌也行。

桦树林边上有小河，呼伦贝尔人称之为"沟塘子"。小河四五尺宽，青草作岸，草长二尺高，仿佛是河的伪装衣，不让别人发现这有一条静静的河。阿荣旗的伟大——但愿我使用伟大这个词不会让人惊讶——是由于这里没开矿、没破坏草原。它的土地上流淌着成百上千条小河，藏在深深的草丛里。多么好的植被才涵养出这么多条小河？熙熙攘攘的小河证明这里山深林密，草长莺飞，小鸟和白云在此安居乐业。拨开草丛，见到了河水。河水因为没见过人而害羞，扯过天上的云影遮挡面容。探身看，河里游着土黄色的小鲫鱼，水底有未腐烂的蓝莓果和红色的山丁子。小河是遮着绿色面纱的闺女，她们在草丛下奔跑，去了不知名的远方。站起身远望，大草原似一片无接缝的绿毡，见不到小河的踪影。

  在这样的地方跑不了步，跑步大师来到这里也要走走停停。眼前美景太多，把工夫全耽误了。人跑着跑着，心已飞向远处。我不止一次跑下公路，看白桦林、看小河、看草叶上的露水，甚至出现幻觉，想跑到堆在天边的矮矮的云彩垛里瞧瞧。想不到，完好保护自然环境，世间竟有说不尽的美景，这里即使不算仙地，也算一个人一生很难遇到的奇境。

寂静统治着山林

寂静统治着山林。早上,曦光而非太阳本身从东山洒过来,被山腰的一缕雾隔离,如罩金纱。金光到来之前,长满樟子松的山峰被横绕的雾截成两段深绿,中间是不移动也不消散的白雾。没有汽车,水泥公路显出宽阔笔直,越来越窄地消失在高处。

寂静啊,黑黝黝的樟子松一群一群地站在浅绿的、带一些明黄的草地上,有几头牛吃草,穿雨衣的牧牛人身子一动不动,转动脖子看我跑步。我挥挥手,他立刻低下头,羞涩。四周没有声音,万物好像都在用形态和色彩对话。山丘浑圆深绿长满松树,草原平坦带有娇嫩绿色,林场的红砖房顶砌着灰色的高烟囱,公路的路基两侧堆着青色的碎石。蓝天全体瓦蓝,没有灰云尘霾。在这里,万物互相注视,它们彼此打量了好多年。而电线杆子始终站在公路的北侧,始终是这样。脚下的水泥路面清晰地印着一排动物足迹,有婴儿拳头那么大。那是水泥未干的某个夜里某个动物留下的,它不知什么叫水泥,更想不到它的行踪可以永远放在这里展览。我觉得公路就应该这样,水泥刚浇筑的时候,让猫、狗、母鸡、猴子和驴在上面走一走,显出生气,证明这地方不光有人,还有其他动物。土地不光属于人,还属于所有生物，再凶残的动物也不会出卖土地。地是卖的吗？地不是人和动物刚学习走路时走的地方和他（它）们死后掩埋的地方吗？怎么能像黑奴一样被卖来卖去呢？这些话，说给动物听，动物也听不懂。

山腰那条轻纱的白雾，已经降落到山脚下，更薄了，好像一条棉胎被灌木丛剐烂了。太阳升达山巅，大地现出庄严。白桦树干染上金红色。它们刚刚还像拥来挤去的少女，现在像一队谛听唱诗的男童，面对上帝，神色虔诚。

阳光如万道金蛇从草叶下面爬向远方，这种金里透红的绿，如上天把珍贵的颜料不小心泼在这里，纯而鲜艳，让人不敢上去踩一脚。上帝就这么慷慨，每天都把万丈金光洒下来，第二天还洒，毫不吝惜。在森林和草地才能看到这样的金光，对浑浊的城市，太阳只给了一些光，而没有金光，因为那里没有森林和草地。人喜欢讲条件，其实万物都讲条件。人让地倒霉，地让天倒霉，天让人倒霉，反之亦然。人损地，或地损人是一个循环。这些年，人不明白老天爷为什么常常发脾气，降暴雨乃至造出冰冻灾害。这正像老天爷不明白人为什么在大地建造太多的水坝、水库，开矿和砍伐森林。两方面都不明白，没建立对话机制，人过分了，天就过分。"人法地、地法天、天法道、道法自然"，这并不是谁管谁，法是顺从尊崇，是循环。顺天则昌，逆天则亡。那些柔软的小草、清澈的小溪和可怜的动物的背后都有一个大力量为它们撑腰，它叫道。

来阿荣旗林地草原，最深的印象是静，正如最多的色彩是绿。草太深了，一尺多高，把小河汊子都藏了起来，听不到什么机器车辆的轰鸣，也没有大到高音喇叭小到 MP3 的噪音。草站在那里，树站在那里，山不曾移动，让人觉得这是一幅静态的画。

  然而，大自然发生过一切事，生生息息，却像什么都没发生。太阳出来之后，露水消失了，草在风里前仰后合，弄出有深有浅的旋涡。水泥路上，一只大甲虫自负地向前爬。我看它，它站下来，好像要跟我比一比。我比不过它，我背上没有孔雀绿的荧光壳，没有精致的六足。小鸟低飞下来，钻进草里不见了踪影。林中突然飞出一群鸟，在空中打旋，尖锐地啼鸣。桦树叶还在风里抖动，像女人在风中扯紧领口。大自然从来没停止过脚步，它的语言不是声音，而是生命。

沉　香

在海南，我见到沉香树。外观上，沉香树并不比其他热带树木更奇特，像一个内心丰富的人在人堆里并不扎眼一样。结缔沉香的树不会高耸入云如椰子树，也不会开花热烈如木棉树，它厚朴，或者说此生厚朴，沉香之香是它酝酿中的来生。如果没有发现树木伤口的结痂，如果没人去烧这块木片似的结痂，世上就没人知道沉香。

是什么人会想到烧一下沉香树伤口的结痂？为什么是烧呢？他可能把热带植物的根茎叶花果都烧过，嗅一嗅哪个香。即便被毒树熏至昏厥仍在烧，直至找到沉香。开始，这个李时珍式的奇人并未以烧树为己任，他先把所有草木的根茎叶尝一遍，对治他身上的奇疴，无效有忿。愤怒地把它们一样一样扔进火里，烧到沉香树时，上帝在天边露出笑容，香来了。

今天的生活正是由一些不安分的人的奇怪发现构成的。沉香不算怪，怪的还有砖、青霉素、烟、裤子、假牙、眼镜、文胸、电视机等好多万种东西。其中任何一种东西刚出现时都不为大多数人所接受。而那些奇怪的发现者总对上帝的安排不满意，去寻找物体背后的东西，没去想他们的发现影响了人类与自然的秩序。如绳子、弓箭、灌溉，更不必说水库、煤和转基因了。

物不在乎被发现,它们有自己的灵魂,附着于大自然之中。芳香、甜蜜、坚实、笔直是植物们现世的荣耀,只有沉香木有来生,而它的来生被人窥破,竟在伤痂里。沉香树朴素,树干显得圆拙一些,看不到香樟树的富贵气派。它的叶子普通,四五月份开出的花朵微红带紫,也没什么香气。它就这样长着,像集市上的海南农夫一样普通。谁也没想到沉香生在这样的树上。树,遭雷劈蛇咬之后,疗伤的分泌物在伤口凝聚,又在真菌的干预下结成沉香,被人类誉为"聚日月之精华"的珍品。

点燃沉香,开始没察觉它汇聚了怎样的日月精华,香烧尽了,也没觉出来精华在哪里。我燃香喜欢观烟。这支细细的沉香斜插在白米粒上,它的躯体(或许包括灵魂)在烟的舞蹈中消失。沉香不是香水,无需像狗一样用鼻子探究它。沉香的神秘首先在烟雾的形态里。沉香的烟似比其他香更细腻,人的视网膜观烟雾实在很粗陋,只见到烟的线条而见不到烟的颗粒。如用超微摄像机拍下来慢放,其图像应该是一颗颗圆珠排列而出,色彩不灰,由红变为白,在热力中滚滚上升。但我们只长了人的眼睛,就用人眼睛对付看烟吧(鸟类学家说鹰的眼睛可看到鸟类在空中扇动翅膀的频率)。人眼看烟雾,可看出其艺术性,由此想到怀素张旭。烟雾在上升中转折,人却说不出线条从哪个地方转折,正琢磨,转折的线条又转折了,与草书笔势相同。沉香的烟势挺拔。我拿出另一种香点燃对比,后者雾气疲软,爱分岔,跟营养不良头发分岔的意思差不多。我把沉香放在主卧室如布达拉宫那种铁红色的墙壁前观赏。香的烟气像一支马蹄莲，笔直地拔上去，在高高的地方分开。它上升的样子十分沉静，烟柱保持同样的精细，仿佛上方有一个东西吸着它们。烟气散开时淡了，如一朵花的影子。烟的花朵开放后，依然不忍离开，有流连，似回头观望。看烟气动摇，人却感觉非常静。或言之，你不觉得它动，它却在动，幡不动风动，如站柱所说"静极生动"。观其他事物的动——鸽群飞翔，溪水湍流，均生不出静态感。唯观香，愈看其动愈觉其静。动和静真是不好言说的东西，它们会在一些地方重合。地球据说是动的，但我们觉不出来。白云显然在的——我小时候见过的那朵白云早不见了——但我们抬头看云，云并不动。人低头系鞋带的工夫，云没了，投入另一朵云的怀抱，曰改嫁。远看大河未流，如一面镜子，进河方知旋涡奔涌，我在黑龙江差点溺毙即被旋涡拖住了腿。人好在只有两条腿，若有四条腿早被它们拖进淤泥里了。人看了一辈子东西，看到的多是假象。人所乐所悲者，也因为把假象当成了真相。

　　练功的人，如京剧之盖叫天，书法之怀素，战将如曾国藩都爱观香静坐。香之烟雾，似聚又散，如升却降。如果其中有道的话，道就是散了，都散了，归于虚空。

　　观香实为观沉香木早年的痛。这世上，谁的伤疤被人燃烧？谁的痛苦散发香气？谁的血泪价值不菲？谁的回忆化为青烟？唯有沉香。所有名贵香水都有沉香的成分，它保持着香气的沉稳。沉稳是向下的力量，正如沉静也是一股大力量。

　　我把燃烧的沉香挪到镜子前，两柱香烟竞相上升，如双胞胎，而我又节省了一支香。我观香很小心，这是一些伤口，伤口又莫名其妙变成了香雾。我一点点嗅这些香气，树木当年的痛苦和血泪变成了这样一种香味，似有若无，些许药性，像一个人憋了十年的痛苦经历突然不想说了。有些经历大痛的人会变得空灵，沉香之香即空灵。人类常常述说自己的痛苦，忍不住。人说出苦痛相当于把伤口又豁深了，永远结不成一个痂。沉香沉默，它用分泌液里的芳香安慰自己。它懂得怎么爱自己。

香燃尽了，我看四壁，竟发现有几朵烟雾独立存在，小烟团在很高的地方慢慢舒展翻身。香都灭了，烟还能这样吗？我不明白的事情越来越多了。我盯着余下的小烟团看，它们在打太极拳，云手、倒卷肱、野马分鬃……我心里想：它们怎么会没散呢？烟的动作暗含一种节奏，好像应该有乐声伴奏。怪不得李坚说她弹古琴时才焚沉香。沉香是她送我的，我问贵不贵，她说有一点点贵。她说"一点点"就很贵了。但沉香的价格和价值永远对不上。就像我们永远不知道别人的痛有多痛，动物的痛是怎样的痛，凡是他人用心感知的，我们的心均不能及。所及者只有沉香沉潜的一点点香。

灌　木

你看那灌木，在雪里捧着大大小小的雪团。

我第一次看到灌木胳膊会有这么长，比北加里曼丹猿猴的胳膊还长，怨不得它把金黄的迎春花开得那么簇密。春天，桑园里面的这棵迎春花树成了金花的铁丝网，或者说用带瓣的黄丝带一圈圈捆扎起来的包裹。要寄到什么地方去呢？不寄到哪里，那就先放在这里吧。

雪后的植物，无论杨树、柳树，谁都没有像灌木这样兴高采烈。它们如同演杂技的，让雪从左臂顺肩膀爬到右臂。你是担雪者吗？灌木夫人。我问它们。而它们指着自己身上的雪说：你看，你看……

是要看一看。这些小心堆在灌木肩上、颈上的雪，好像会掉下来。孩子们每做一个惊险的动作之后——比如上凳子——都要大喜而叫：你看……灌木也如此。

灌木在雪后的可喜，不止于枝杈间白雪堆积，还在于雪斑驳错落地映出枝条的黧黑、坚韧、修长。如果敝二外甥阿斯汗看到此景，一定大呼："哎呀！那些树长棉花啦！"那些细枝上较小的雪团，已在阳光下融化，变成孱弱的小冰凌，立着一条腿瑟瑟。而大朵的雪则毛茸茸的，缩着脖子睡觉，早上睁眼看一看，然后再睡。

我在北方长大,却刚刚发现雪后的灌木有这么好看。假如生命是由目睹许多奇观组成的话,那么我不知错过了多少这样的机会,属于无知者。如果自然之美对人来说只是一种感动的话,那么成群结队去黄山等地旅游已显出有一些虚妄了。生命(不只是我们的生命)每时每刻都在悄悄地展示美丽,哪里都有美。而上帝呢,多么有耐心,把曾经熟视无睹的雪中灌木之美再次推入我的眼帘。上帝对任何人都没有失去信心。

而灌木之美只是小小的、微不足道的美景。那么,我把看到它的这一刻称之为今天的良辰。

光晕在树

操场边上的银杏树，树叶金黄，为街道罩上一条光晕，扩散高贵的静穆。其中的伤感是告诉人秋天到了，不然跑步的人分不清春秋之至。

银杏的叶子如铃铛，不仅摇摆，还在旋转。风穿过银杏的家族，引起喧哗。叶子招手让风转回，这里是贵族的博物馆，每一根枝条挂着黄金的书签，像清朝皇帝在承德的离宫。

小鸟不喜欢银杏的缤纷，戚然于叶之摇落。我看到一只鸟儿，是红点颏吧，在枝上顾盼。树叶已遮不住它的身影。小鸟从枝上看，树叶铺地，生出忧思。它不知树叶为什么会落，老太太弯腰捡拾。树叶还会回来吗？小鸟想。

辽大的银杏树，从黄到尽，约有一个月的时间。跑步时，看不到树叶减少，但地上金黄增多。树有树的算计，每天投下多少叶子，跟秋天打赌，猜一件神秘的事件。

鸟儿在秋季的鸣叫比平时响亮。上午，操场无人的时候，站在观礼台上也能听到它的叫声。唧，它以为银杏受到了掠劫，这么多美丽的叶子坠落，竟没人管；唧，女学生嘻嘻哈哈结伴行走，左手握着带吸管的酸奶，右手有小卖店微波炉刚烤好的汉堡。

晚上——有一次我晚上 9 点钟去跑步——银杏叶有如银箔，像喷了雾。风止，叶子在珐琅色的夜空里静默。每当银杏叶黄了一次，我都问自己，跑几年了，居然记不住跑了几年。问和我一起跑的朋友，他算了一会儿，嘴唇微动，说"忘了"。

我和辽大的老太太分享银杏的落叶资源。她们捡得没我快捷，况且，如无保安经过，我还能上树采摘。晾干，寄给我妈熬水喝。当叶子铺在我妻子单位的露台上晾晒时，看到的人都惊讶："哎呀，这是啥呀？真好看！"银杏就这么好看。

我已经一星期没去辽大，修路阻隔。我知道银杏在金黄、在摇落，鸟儿呼吁，学生们早已开学。从熹光微露开始，操场移动着跑步者的身影。

琥珀对松树的记忆

人在黑松林里走,像蚂蚁在青草里面走。所有的松树都比人高出许多,树冠可以望到比你看得更远的地方。紫色的苜蓿花从山顶的岩石倾泻下来,只给老鹰留下一点站脚的地方。

用手摸这些松树,鱼鳞般翘起的干树皮扎你的手。掀开松树皮往里面看,里面是雨水浇不到的红色质地。我看有没有蚂蚁爬进去,最好有两个蚂蚁摔跤被我看到。在松林里一路走下去,就这么用手掌抚过松树,一会儿,手心沾满松香,透明的黏液从树身的什么地方淌下来,琥珀色。动物分泌麝香,树只分泌松香。松香仿佛是松树留下的记忆,关于潮湿的夜、鸟啼和清新的空气的记忆。把记忆留在体外的只有松树。

松香的液体里有小虫子的尸体。这是松林里最小最软弱的虫子,连翅膀算上比小米粒还小,凝固在透明的松香里。我几乎想到了几亿年后有一片琥珀装帧着小虫子的化石挂在墙上,于是我想象有大蝴蝶昏迷在松香上。松树分泌更多的,重约一两的松香,包裹着大蝴蝶。松香完好保留了它翅膀上的眼睛和六足的绒毛,那就是一个很好的工艺品了。不过,看到的人是一亿年后的人类。那时候人类有没有眼睛还都两说着。

松林中最喧闹的是鸟雀，不过那是在早上。阳光才出来，鸟雀已经分成两派，好像争论太阳出还是不出。阳光普照之后，鸟噪止息，可能是认为太阳不出那一派的鸟儿飞走了。松林寂静了，静得让人想数一数落叶松掉了多少根松针。我确实想数落叶松脚下褐色的松叶。有人说我患有强迫症，这就是一个最强有力的证据。松针像一盒火柴洒在了树下，但不整齐。如果不下雨，落地的松针经过阳光暴晒，竟是金色的。远远看，那种金色激发人的惊喜之心——包括儿童在内的人类，见到金子都会扑过去——它明晃晃地耀眼，洒在树下，那时候，松树十分尊贵。

松树的尊贵不是没缘由的，它知道自己是怎么回事。岁寒而后凋只是它品格的一方面。笔直的松树有别于弯曲的杨柳，亦有别于笔直的杉树。它的直里包含着坚劲。直者易折，但松树不在此列。它直而韧，直而有香。我喜欢闻到松树散发的松香味，虽然这常常会让我联想起小提琴的弓子，但我提醒自己世上先有松香后有提琴，二者不可混淆。我觉得松香是松树想说的话，凑巧被我听到。

星星在松树头顶飞翔，似越飞越高的白色蝴蝶，夜空的蓝色如同透射在深海之下的天光。松树的土里混合了几万年的气息，腐熟的枝叶烫手，如同森林家族刚刚端上来的饭菜。没有鸟儿在松林里迷路，也没有鸟儿在松树上撞昏过去。松林的落叶记录了昆虫的脚步声和田鼠的脚步声，这一切都留在松香或琥珀的记忆里。

琥珀好像是一块透明的黄金，或者说是一块走错了方向的黄金——本该是矿物质,它却错走在植物的道路上,变成化石。琥珀像猫的眼睛。我的意思是说,人在胸前或手上戴一块琥珀,会变得警觉或机灵。琥珀好像跟蜜蜂有神秘的关系,其实没关系。琥珀像干邑白兰地酒浆,酒总能给一切好东西找到归宿。

自从我在一块琥珀里见到虫子的化石后,希望每一只虫子都留在琥珀里,变成化石,这样就能很好地保留它们精致的翅膀手足和小而凸出的眼睛。美国诗人查尔斯·赖特在《南方河流日记》里说——"那些虫子多叫人羡慕啊。它们熟悉通往/天堂的路,熟悉用光亮捕捉我们的/闪烁的丛林之路/熟悉虚空之路。/一个八月又开始了,模仿去年的八月/那么多赤裸裸的岁月/躺在如水的天空下/夏之声到处可闻。"

松树是群居的植物。它们站在泥泞的沙土里,雨滴如同松针耳垂的露水。大雨打在松树每一片鳞皮上,好像往树身砸铁钉子,把它们的簑衣变成铠甲。在阳光普照的时候,松树依旧缄默,它说的话被鸟儿说尽了,鸟儿飞远。当松树最终消失之后,是谁手里拿着一片琥珀?里面有小虫和失去了香味的松香,里面有松树转瞬即逝的身影。

松 塔

松树像父亲，它不光有朴厚，还有慈父情怀。松树的孩子住的比谁都好，小松子住在褐色精装修的房子里，一人一个房间，人们管它叫松塔。

松塔与金字塔的结构相仿，但早于金字塔。人说金字塔的设计和建造是受到了神的启发，而松树早就得到过神的启发。神让它成为松树并为子孙建造出无数房子——松塔。

在城里的大街上见到松树，觉得它不过是松树。它身上的一切都没有超出树的禀赋。如果到山区——比如危崖百尺的太行山区——峭岩上的树竟全都是松树，才知松树不光"岁寒然后知松柏之后凋也"，凋不凋先不说，只觉得它们每一株都是一位圣贤，气节坚劲，遍览古今。

或许一粒松子被风吹进了悬崖边上的石缝里，而石缝里凑巧积了一点点土，这一点土和石头的缝隙就成了松树成活五百年的故乡。事实上，被风吹进石缝里的不光有松子，各个种类的树籽和草籽都可能被风吹进来，但活下来的只有松树和青草，而活得卓有风姿的只剩下松树。

松树用根把石缝一点点撑大，让脚下站稳。它悬身高崖，每天都遇到劲风却不会被吹垮。我想过，如果是我，每天手把着悬崖石缝垂悬，第一会被吓死，第二是胳膊酸了松手摔死，第三是没吃的东西饿死，第四是被风干成木乃伊。而松树照样有虬枝，有凛凛的松针，还构造出一个个精致的松塔。

松塔成熟之后降落谷底——以太行山为例——降落几百上千米，但松子总有办法长在高崖，否则，那崖上的松树是谁栽的呢？这里面有神明的安排。神明可能是一只鸟、一阵风，让松子重返高山之巅成为松树，迎日月升降。

每一座松塔里都住着几十个姐妹兄弟。原来他们隔着松塔壳的薄薄的墙壁，彼此听得见对方梦话和打鼾。后来它们天各一方，这座山的松树见到另一座山的兄弟时，中间隔着深谷和白雾。

像童话里说的，松子也有美好的童年。第一是房子好，它们住楼房，这种越层的楼房结构只有西红柿的房间堪与比美。第二气味好，松树家族崇尚香气，它们认为，大凡万物，味道好，品质才会好。于是，它们不断散出清香，像每天洗了许多遍洒精油的热水澡。松子的童年第三好的地方是从小见过大世面。世间最大的世面不是出席宴会，而是观日出。自曦光初露始，太阳红光喷薄，然后冉冉东升。未见其动，光芒已遍照宇宙，山崖草木，无不金光罩面，庄严之极。见这个世面是松树每天的功课，阳气充满，而后劲节正直，不惧雨打风吹。松树于草木间极为质朴，阳气盛大才质朴，正像阴气布体才缠绵。阳气如颜真卿之楷书，丰润却内敛，宽肥却拙朴。松树若操习书法，必也颜体矣。

松塔里垒落着许多房子,父母本意不让兄弟分家,走到哪里,手足都住同一座金字塔形的别墅。但天下哪有不分家的事情?落土之后,兄弟们各自奔走天涯。它们依稀记得童年的房子是一座塔,从外观看如一片片鱼鳞,有点像菠萝,更像金字塔,那是它们的家。小时候,松子记得松树上的常客是松鼠,它仿佛在大尾巴上长出两只黑溜溜的眼睛和两只灵巧的手。松鼠经常捧着松塔跑来跑去。

月光下,松塔"啪"地落地,身上沾满露水。整个树林都听到松塔下地的声音,它们在房子里炸开了,成为松子。从此,松子开始天涯之旅,它们不知自己去哪里,是涧底还是高山,这取决于命运的安排。它们更盼望登上山巅,体味最冷、最热的气温,在大风和贫瘠的土壤里活上五百年,结出一辈一辈的松塔,让它们遍布群山之巅。

松　针

如果向松树问路，松针会用手指给你指几千个方向。它不认可只有一条路，它觉得上下左右都是路，蜜蜂和小鸟正在四处飞翔。

《楞严经》上说，世为时间纵流，界为东西南北，另有东南西南东北西北与上下。不光四面，还有八方。《淮南子》上说的宇与宙，也指时间空间。松针说，在东和东南之间，还有着扇面一般无尽的向度。松针的道路遍布虚空，打碎了空间观念。

在松树上，松针是它的花，一朵朵绿色的刺猬花开在松树枝头。松树贞直，你想象不出它的叶子会是片状，那太像瓜的叶子，杏树与桃树的叶子。松树的叶子绝不单薄，必定刚劲，这样的叶子如果不是拳头也是针，与浑圆的枝干匹配。

松树的针无碍于其他动植物的生长，它只是威风凛凛，只是不流凡俗。一棵浑身是针的树，绝不会弯腰乞讨，也不会像藤一样攀缘高枝，它自己就是高枝。一棵树，究竟要练多少年才练出千万根针？它把那些柔软的叶子卷起来，变成针。这些卷起来的绿叶写满了松树的日记，记载它怎样把根扎在岩石里，怎样从石头缝里找到水。它记载了松香的秘密配方，比香奈尔的香水还香呐。它把这些秘密都卷了起来，掰都掰不开，变成了一根根绿的针。如果到过寒冷的北国，就知道一棵严冬不落叶子的树要何其坚韧,除非它的叶子是针。

　　大雪降下来,日日夜夜。雪幕如羊毛的门帘子被风吹起,放进来无数只羊。松针瞄准雪花但扎不到雪花,它宛如在风雪里爆炸的绿色烟火。雪一层层裹住松针,雪在枝头囤积。雪从松针边上塌下来。松树比别的树更了解寒冷,当所有树把叶子丢弃在地上时,松树却不让松针漂泊天涯,树在,针就在。它们在枝头生死相依。松针不枯黄,不委顿,它们如悬崖边上的斗士,不知何为退路。松针在广大的冬天看到了北国的树叶看不到的景物。在雪地里,黑黢黢的树干如火烧过,它们的叶子早已化为泥土。雪地里的窟窿是兔子的脚印,鸟如一颗子弹飞向毫无遮拦的树枝。风呼啸而来,千万根光秃秃的树枝在风中飞舞,鞭打雪花。河流结为黑冰,下沉于萧瑟的河床。偶尔有哪一棵树顶端的叶子没有落,一如遇难的人扯着手巾抖动,它将一直抖动。大雪藏匿了山峦,下不来山的灌木在山坡上猜想被雪没收的路。

　　松针在严冬里翠绿,保存着千鸟飞绝万径寂灭之后的绿。松树用松针收藏了一年四季,冬天穿不透松针的身体,松树在冬天过着夏天的日子,为大自然保留着唯一的绿。

　　松针如钟表的针,它把时间指向过去、现在、未来的任何一个时刻,指向去年、前年乃至童年的某一个时刻。如果你向松树打听时间,松针会告诉你一千个时刻,包括分、秒、时。表针在枝头伸张,但人早已忘记那是什么时刻。时间不是一条横贯而过的直线,它通向四面八方,与空间相连。人在松树前观望,看到时间纷纷如簇。看见松树放射出比猫胡子还坚硬的光芒。春天里,松针的白雪化为融冰,用晶莹衬托着松针,冰的水把每一根松针洗干净,仿佛它们是刚刚长出来的新松针。

夜的枝叶

也可说：夜的汁液。

夜，是草木饮水的时分。我坐在桑园水磨石的花池边沿，看到树叶和草饮水时的颤动。没有风，叶子颤摇是水有一些凉。枝头的叶子还没有等到水。错综如迷宫的枝杈分走了水。水呢？水……顶尖的叶子不耐烦了。

土地被吸走许多水，颜色浅了一些。也可能月亮刚从云中钻出来，像在地上铺了一层纸。月在云里的时间太长，就算吃一顿饭也不应该这么长时间，除非喝酒。月亮也喝酒吗？也许。月光如万千小虫在地面爬动，毛茸茸的。月光爬不进榆树外皮的沟壑。蚂蚁觉得好笑，这么宽的裂缝还爬不进去吗？两个蚂蚁在里边并排奔跑，且碰不到相互的脚。月光被大马路惯坏了。

夜的汁液把桑园兜在一个网里，透明发达。在网里，地里的水往树上跑，月光顺草根往地里钻，花粉跌落在草叶上，拾也拾不起来。贪财的蚂蚁还在往洞里运东西，不管有用没用。汁液最多的地方，树杈"哗"地折断，鸟飞，绕了半天才找到原来那株树。

草不停地吮水。实际用不着吮这么多，它不听。秋天来到桑园的时候，草的肩膀上挂着大滴的水——它不知道把水藏到哪儿，又舍不得扔掉。因此，水珠在草的手上，在它们胳肢窝下面闪闪发亮。早晨，蝴蝶被这些水弄湿了高腰袜子，说这些草真是无知极了。

我曾想搬一架梯子，看桑园最高处的枝叶在夜里做什么。顶端的树叶肥大舒展，颜色比别处的淡。我在楼顶看到槐树冠的一团白花落满瓢虫。先以为是蜜蜂，但闪亮，还有瓢虫飞过来。我爱看瓢虫飞翔，跟鸟儿、蜜蜂不是一回事。它们像拽着细丝游荡的蜘蛛，一掠而过，不知所终，不优雅，也不镇定。瓢虫的两扇硬壳里藏着几片薄翼，这么简陋也能飞吗？以后黄豆和红小豆画上黑点也能飞了。

枝叶不动。我估计槐树、桑树和碧桃树顶端的叶子在开会——峰会，商量污染、水资源、鸟儿粪便的问题。碧桃树提议赶走桃木食心虫。隔一会儿，树的顶端飒飒摇曳，举手通过一项议案，譬如不许练功的人往树上钉铁钉挂衣服。

树的生活从夜里开始。它们在静谧中饮水、沉思和休息。车辆消失了，树们松了一口气。可惜缺太阳，没有就没有吧，省得车辆商贩往来。在月光下，除了不能读书，其他没什么不好，多数的树这样认为。

火山杨

冰川、汪洋曾经覆盖地球。那些劫难无人知晓——人所能知晓的事情太有限了。山顶岩石里的贝壳化石细微地述说海洋的步履，沙漠里孤兀矗立的石块留下冰川的脚步。地球在汪洋或冰川的时代，并不是毁灭，只是它轮回的一瞬，海水与冰川撤去，地球又耐心地从头开始，培育低级生物，使之高级，繁衍万物。我们在路旁看到小小的蕨类植物，相当于看到地球鸿蒙初开的景象。从羽毛式的蕨类植物身上，我们可以想象经历亿万斯年，地球重新长满了大树与鲜花，昆虫和鱼类都找到各自的归宿。

在地球的劫难中，遭劫的并非地球，而是地球上的生物，包括动物和植物。然而动植物重新长出来——当阳光、土壤和水分具备之后，它们开始恢复生命。用"恢复"描述生命也许不对，动植物的**种群**并不以个体衡量，只有人以"人这一辈子"描述单一的、不可重复的生命。遍地的青草，是青草集体的生命，它们共享一条命。

人所能目睹的地球劫难，大约只有火山爆发遗址——地震只是人与人居的劫难——火山喷发之后，地表一片焦土，像我在五大连池所见到的景象。

实话说，我并没想看火山遗址，就像不想看车祸现场一样。来到，所见到的是如前所说是"一片焦土"。200多年前这场火山爆发，把埋在山里的黑色玄武岩化为流水，喷射天空，尔后落地，形态如烧过的树一样，成了一段一段的焦炭。就化学性质判定，这些不成样子的焦炭，仍然是玄武岩。

站在火山口边上往下看，我不知我要看什么。这是巨大的漏斗型的深渊，黑色。那股冲天而起的熔岩的火柱早已消失了。我感到，时间在这里也消失了。人们说，时间不具备及物性，说时间是物质之外的客观存在（听上去很别扭）。但我觉得时间的及物性很强。时间挤在花的蕊里，挤在梳刘海的儿童的额头上。时间站在雨后的笋尖上，时间拽着引体向上者的胳膊打滴溜。时间蹲在电视机里，趴在屋檐的雨滴身上。时间忘记了黄花梨木的生长，但没忘记让它坚固。它忘记了老年人的存在，却没忘记让他们死亡。时间一定有喜欢去的地方和不喜欢去的地方。有的地方，时间从来没来过，比如沙漠和五大连池的火山口。

时间不愿意停留的火山口，人像一群奇怪的动物在坑边逡巡。他们围着一圈儿向坑里看，不知看什么。石头从坑底排列到坑沿，块块充满死寂。在河边，我们看到的鹅卵石像一条条干鱼，仿佛先前它们在水里活过。看山里的石头，更感觉它们是活的，是山的肉或者叫筋腱。而火山口的每块石头都是石头的尸体，大大小小都如此。我说我感到不安就是这原因。密密麻麻的石块被1729年的火柱烧死了，匍匐在地，没有声音，没有流水，没有青草。我们看到了地球当年的劫难和它永不愈合的伤口。

然而，大自然永不绝望，脆弱的是人而非大自然。离开火山口，在参观其他地方的时候，我们看到了勃勃生机。当年火山把玄武岩化为焰火狂欢之后，这些焰火洒在方圆几十公里的土地上，似焦炭。我说过，在火山口没见到青草。但在焦岩之上，在好像犁过的石头的黑波浪上，我看到了萋萋青草，在这里邂逅了生命。青草长在黑波浪的转折地，那里面有土和水分。我们驱车向前走，穿过了一大片树林。导游停下车，说这是一片火山杨。

火山杨？它们的脚底下就是石头的黑波浪，上面覆盖着薄薄一层土。这些树貌不惊人，纤弱不直。导游说：这里一根拇指粗的火山杨已经生长了几十年。一棵一米多高的火山杨，有几十米的根扎在地下（岩石里）盘绕。

一米高的、拇指粗的树在地下有几十米的根，这让我惊呆。我想下车摸摸这些树。在火山景区，行人都不可以离开栈道，摸不到树。

它们成精了。树之成精，如人之成圣，是从轮回中转脱涅槃到达彼岸者。它的几十米的根是为了找到水，它自己就是一口井。当一棵树要这么难吗？命运让它在火山熔岩里当一棵树就要经历这些磨难。这些"小"树实际上都是老树。它们跟胸径五六十厘米的树有一样的树龄。如果把人放到一个艰苦的地方，他也许会跑掉，但树跑不掉。它不仅要留在这里，还要站立，要活着。我想象这些"小"树在慢慢生长，夏日缺水，冬日是几个月的白雪严寒。对树来说，这没有什么好与不好。火山杨的幸运在于它不知道长在海南与江南的树是怎么活的。活得太容易等于活得太仓促，太快长粗长大，长完了一生。马丁·海德格尔在《存在与时间》里说："倘若存在就是生命，那就没什么问题，就没什么答案需要回答。"

是的，对火山杨不需要说什么艰难、致敬一类的话，它的存在就是它的生命。它的生命以及所有成败都在它的存在之中，在它的纤弱的躯干和与其他杨树看不出区别的叶子里。对火山杨而言，对静默的山峰、河流和小小石子而言，它们的存在集合了无法知晓的残酷与欢欣，而它们却像什么也没发生过。

就这样，这些葱绿的火山杨长在这里。我为树林没有小鸟替它们有一点遗憾，但这不是问题所在。人说这里还有圆耳朵的小火山兔和细细的火山蛇。我觉得它们活得很壮烈，它们自己觉得活得很甘美。人永远了解不到大自然的内心。

柳树的母性

常言道："柳树低着头长高。"

这话像拉开一个帘子，或者说射进一束光，让人看清了一些东西。柳是一辈子低着头生长的树，连柳条也垂向地面，而不是伸向天空。柳树一辈子低头在看什么？原来是看自己的儿女。

柳树的儿女多到数不过来，树要牵挂每一根，只好低头看。丰子恺也是低头俯察的人，他留心孩子，他的画作和散文里多见他小孩的趣事。丰子恺笔下的阿宝、瞻瞻，留给人间多少美好。丰子恺的画多多少少掩盖了他的文名。现代作家中，他写孩子写得最好。他的幽默居于鲁迅之后，排在其他作家的前面，比林语堂、梁实秋有深味。

有人说拍电影是遗憾的艺术，最遗憾的莫过于成人不曾观察孩子的成长，他们的成长比电影更艺术。为人父母，如果从孩子降生就开始观察他，看他爬、走、学语、打闹、上学堂，会看到一片连绵深广的美，比看什么风景都感人。美学的审美范畴，不外真诚、纯洁、天真、幽默、单纯和热忱等，这些美在孩子身上毕露无遗，比任何书和电影都丰富。

一个低着头看自己孩子成长的人，他的脸一定生动、友善，人有幽默感，因为他有一个孩子做老师，教他生动、友善与幽默。成年人的心灵越来越板结、僵化和虚伪，唯一的良药是向孩子学习。泰戈尔说："上帝等待人们在智慧中回到童年。"

没错，泰戈尔发现了童年的美好——包括生动、友善、幽默。回到童年的路径是智慧，智慧是什么？是爱。孩子的心灵里装的爱太多了，多到四溢。孩子们睁开眼睛就考虑小鸟、小花和白云。花鸟和白云冷不冷，需不需要帮助？孩子们大把挥洒着爱，爱并没减少，而他们因此可爱。花草、小动物和美的东西受到损坏，孩子随时洒下大颗的眼泪。除了上帝，哪有像孩子这么博爱的人？孩子们智慧充足，成人见到孩子不自觉惭愧，不为自己的虚伪脸红，也是一件极大的怪事。

西方宗教说人应该谦卑，中国的道家告诉人从谦卑中得到好处，而人其实最难谦卑。处低下者自然恭顺，一旦得势就要昂然，正是"王莽谦恭未篡时"。人自己也分不清趾高气扬与扬眉吐气是不是一回事，这两种情态实在不是两回事。如果没有博大的悲悯情怀，没有百炼钢化绕指柔的修养，身居高位而又谦卑者，古今都少见。老子称：道法自然。自然界成熟的谷穗和向日葵，哪一株不低着头？成熟和母性是同义词。植物从收获开始向大地躬身致谢，替它们的孩子向造物主感恩。

进森林像进入一个瓶口

我在斯图加特的索力吐待过一个月，住的地方是一座古代公爵的行宫，现在是国际艺术家村，名字叫"独逸学院"。公爵当年把这处行宫变成了一个学院，召儿童在这里学习音乐、哲学和历史。公爵要求把教育的成分降到最低，非学生提问绝不作答。学院的校训是"创造一个人独自完成的乐趣"，相当于中文的"独逸"。

我住在皇宫北楼 418 房间，整个楼昼夜只有我一个人。有一天我到地下室取雨伞，却见到屋里有一位非裔女人。地下室只有四五平方米，她靠墙站着，眼向上看，露出贝壳一般的白眼仁，仿佛在这里已经站了七八年。我先是吓一跳，后来觉得她可能是艺术家塑的蜡像，想摸她一下。她从鼻子里扑出一口气，我几乎要喊"救命呀"，强忍着没喊出声并升向地面。在西方，人在哪儿站着、站多长时间都属于每个人的自由。

我在 418 房间向外看，草地的尽头是浑黑的森林。我每天进入森林跑步，坐听鸟啼。这个森林很大，我每天揣着地图和一封德文的求助信进去并出来。信上写道：我是谁，我迷路了，请把我送回独逸学院。我让翻译又加了一句话：中德友谊万古长青。

森林里的树冠遮住了天空，使这里变成了另外的、我完全没来过的世界。森林里没有现代社会的任何痕迹，没有电线和水泥路，不允许进汽车。就这样，我很便宜地来到古代，跟皇宫很配。巨大的树除了参天之外，有的还在地下躺着。躺树是老死的树，是昆虫和苔藓的游乐园。人在现代社会学到的知识在这里全被作废，我知识不多，也被作废。我欲知的东西全都是空白，比如——它们是什么树？什么科属？不知道。森林里有无数鸟鸣，我连一只鸟的名字都说不上来。树和苔藓的气味清凉，环绕全身。我感到人在树林里显得多余，是唯一穿衣走动的生物。不走动的树们庄严、古老、有身份，而我像一个木偶。森林里有纵横交织的小路，我每每俯察学院提供的森林地图，找到自己的位置之后再往前走。累了，坐在巨木凿的椅子上发呆。静谧中，我跟自己说一句话，话语迅速消失了，恢复寂静。草丛爬出肥硕的蜗牛和拇指粗的橙色虫子，橙虫子结队在路上爬，不知去干什么。

独逸学院的艺术家用热切的眼神和手势邀请我加入他们的圈子，我不懂德语及英语，进不去，只好跟虫子泡在一起。那些艺术家制作了一些我认为幼稚的艺术，比如把一块泡沫板粘在走廊天棚，抹一层混凝土，插一枝头朝下的树枝。他们激动不已，鼓掌仰视。作品的寓意是地球上已经失去树木的立足之地。他们邀请我鼓掌，我鼓之，但我更喜欢看离这里很近的森林。他们不怎么进入森林，只在草地上晒太阳、喝啤酒和聊天。

森林的入口像一个瓶子的口，我每天都从这个口钻进去，钻到森林的各个地方。还有一个湖，名字叫"熊湖"，湖边有女警察骑高头大马巡逻,这里是水源地。熊湖边上开着美丽的匪夷所思的高大野花,常见到老年人在湖边沉思。我跑步绕湖一小时,他们仍在沉思,连姿势都没变。我很想在森林里过一夜,租一个睡袋,但不敢。我想我怕的不是人,这里没有杀人的人。我也不怕野兽,这里无走兽。我怕什么呢?我想我拉住睡袋的拉链,特别在睡熟之后,怕有妖怪把我抬走,或坐在我肚子上,让我透不过气。这里保留着原始的风貌,怎么会没有妖怪呢?

北窗南窗

北　窗

立于北窗，终于可以看到楼下平房淡绿色油漆的铁皮屋顶了。在整个冬天，它起脊的顶子上满覆白雪，有一根电话线从雪里斜着伸出来。房顶的雪总是不融化，虽然跟地面相比它相距太阳更近一些。一冬天，铁皮屋顶的边缘积累着雪的裁口，半尺厚。现在，屋顶下垂着冰凌，排列均匀，约半尺一条。远看如有十万兵马竖戟宿营，在阳春的和风里闪光。

若在儿时，我一定手执竹竿，把冰凌一一敲落。冰凌吧嗒落地，摔成三截，亦可一截赠欧，一截遗美了。

我是说我回到了沈阳，首先见到了铁皮屋顶——我北窗的老朋友。以屋顶为友，是因为没有其他之物可以为友。鸟儿已经好几个月没从窗前飞过，后面的楼高入天空，我见不到云。出于索居的原因，我久久待在北窗，对铁皮屋顶、电线杆上的瓷壶、每日移动的日影和窗台上的葱都极熟悉，以目光抚之，如故人。

晚上，窗外由有限的排列变为无尽的虚涵，夜之虚涵。我所看之物无多，只有对面楼上的灯火。灯火有两种，光从方形窗框一拥而出，日光灯与白炽灯，我称之为白灯与黄灯。

于是我以两种灯博弈，棋盘是立起来的楼房，像国际比赛的展示牌一样。白灯——也就是日光灯总是赢家，这一方棋子很多。

我很少在早晨，特别是在黎明时分来到北窗。当我在早晨由北窗外视时，如在早晨看到中年妇女的真容。一位作家告诫说，千万别在早晨看没化妆的女人，这种皱纹与睡意未消的真实很不堪。男人尊重女人的方式之一，是在女人往脸上扑粉之前把脸转过去。

我从北窗向外直视，沈阳污浊的空气在十点钟之前不会消尽，灰色的楼房像没有洗脸的更夫。在住宅区走动的人无比麻木，倒垃圾或送孩子上学。铁皮屋顶油漆剥落处露出褐色的伤口。它们一同等待着天光普照的八九点钟，只有太阳是它们的血色与胭脂，是灵动的目光和活跃的嘴唇。

为了北窗的景物，我替它们向造化祈祷：

鸟儿飞来吧，雨丝晶亮吧，孩子们大声朗诵乡村的歌谣吧，白云飘来吧，扎围裙扛板凳的老汉高喊"磨剪子戗菜刀"吧，墙根的草芽探头探脑吧，小伙子和大姑娘在墙垛的阴影里拥抱吧，赶马车卖黄豆的农民把鞭子系上红缨吧，进城的乡下亲戚把狐狸皮帽子戴上把皮大衣前襟像杨子荣一样敞开吧，把竹笛从尘封的布袋里取出给胡琴点上松香吧，半夜吵架的夫妻离婚吧，给孩子们少留作业让他们走走停停读神怪书吧……

我很想把这些心愿写在东山墙的黑板上，成为这里的公约。

南　窗

拥有两个窗子，是我生活中唯一的骄傲。

去年住十一平方米的小屋时，只有一个西窗。当时窗下有一家汽车修配厂，师徒二人抡锤敲打车祸中扭曲的箱板，声音刺耳令人无处躲藏。我告诉自己，这就是生活。师徒二人是出于生计才砸铁板，比我更震耳朵。但我还是忍受不了，有一次竟想用冲锋枪扫射所有在深夜砸铁板的人。后来，我吐出一口气，庆幸自己没有冲锋枪。

后来，我搬家了，有了两个窗子，前后都没有汽车修配厂。

南窗是我的神秘所在。

我在北窗读书、写作与闲坐，已经形成习惯，只有睡觉时睇视南窗。对我来说，它淹没在黑缎子一样的夜里，窗外是光滑的缎子皱褶。南窗很遥远，像北窗很贴近一样；南窗浪漫深邃，如北窗现实稳重。

最珍贵的是树影。树自地面而长，长到我居的二楼，便是一窗树影了。在冬夜，是一窗黑黝黝的干净利落的树枝。树是碧桃，枝丫横斜，在有星斗的天幕中实在优雅极了。我睡不着的时候，常揣摩树的心事。它很像一位自信的大师，在披风上缀着丁零当啷的星星。星星也常从树隙间窥视我。

南窗外是一条街，街与窗之间是一座小小的花园，即树的领地。去年春天刚搬进来时，满窗白色的桃花，我几乎晕眩了。桃花在深红而光滑的枝上仰着脸，花瓣很单薄也很高洁。偶尔一瞥，花是粉色的，仔细逼视却退回了白色。粉色极浅，我把几朵花放在白纸上看，才瞅出它如少女粉腮一样的微红。

窗外的桃花使我不止一次地搓手，表示幸会幸会。然而它凋得也快，花瓣漫然坠地，树下无流水，它还是坠了。绿叶从花萼间长出，初生的卷叶边缘的锯齿有些紫红。

当然，这都是在白天看到的。我说过，与南窗更多是在夜里相遇。

在夏季，南窗使我有些不安。一次，我发现窗下的树丛中有情侣活动。记得一位外国的性学专家说，人类情欲旺盛的季节是春季，所谓阳气上浮。但窗外的人们在夏季百无顾忌了。情侣在夏夜的树丛中，难免有亲昵举动。我看了一次拥抱场面后，被这种坚如磐石纹丝不动的情形打动。他们比电视剧里的演员真实得多。拥抱，实如掰腕子，是力与美的角逐。面对此景，我既不能像禅师那样心如止水，也不似小流氓似的垂涎欲滴，但有些心猿意马，看了还想看。在看了第二次后，我像戒酒一样涓滴不饮了。如果情侣看到我的眼睛，肯定认为是最卑劣的目光。虽然我在没有灯光的窗前观赏，他们看不到，但我知道自己卑劣，况且这种矛盾的心态对身体不好。我还是佩服树们，它们看到什么都如此仁厚，并无惊诧。

南窗属于大熊星座，我在窗台上放了一盆马蹄莲，文竹被我搬走了，气脉太弱。窗台上还有什么呢？我见过一个明代的牧童骑牛读书的铜雕，可惜没买下来放置南窗。有一只红木制的山羊形印泥盒，置此亦佳。

我面对夜的南窗，对着高傲的斜枝，念布罗茨基的诗：

立陶宛的暮夜。/人们从群体中散流回家，用手掯成括号/遮住逗点般的烛光。

这是对夜念的诗。对窗，仍有约瑟夫·布罗茨基的诗为证：

让我告诉你：

你挺好。

起 风

在树林里走，忽而起风了。这风不算弱，却明净无尘。仰面看绿意连绵的树冠，听到咔嚓的折枝声。一会儿，地上散布断枝。

被风摧折的悉是枯枝，黄褐色，像死蛇一样。但杈丫伸张，仿佛不甘心于坠弃。周围的大树那么茁壮，叶子在枝上一片片相互摩拳，在风里把低缓的呼吸声传得很远。

我感到一点悲凉，白杨树粗壮向上的躯干泛着生命的青色，枯枝卧在它的脚下，枯枝已经不能叫作树了。

风止息，在宁静中，我又想到枯枝，也许毋庸替它悲悼。它或许正在感谢于风，将其从弥留中解脱，送还地上，得到盼了许久的安然。它刚刚开始枯干那会儿，树干的汁液已经渐少，枯枝瞅着叶子片片发黄，不知何时飞旋而走。它也许就盼望回到俯瞰了许久的土地上。但枯枝必须经历萧索的整个过程，不能加快，亦不能减慢。那么，就在风不期然而来之际，这个时刻就叫作大限，也许还是一个庆典。枯枝在离开树的刹那，总要断然一响，清脆之声远远近近都听得见。这声音的脆亮，是痛苦的最后一吼，还是欢愉的意外之音，我不清楚。或许这两种情态都包含其中了。

我不清楚的事情，就不再思索了。人的毛病之一，在于喜欢设出两种结论，然后选择其一。这就导致更深的迷惑。

就在我快要走出这片树林的时候，身后又传来四面八方的簌簌之音。我回头看起伏如浪的树冠，又起风了。

秋 叶

秋叶在树头俯观大地,风劲吹,使它摇摇欲飞,叶子早就想下地走一走。

所谓秋风吹过来,怀里揣着一把接生婆的剪刀,去掉叶子羁绊,让它们在大地打滚奔跑。人看秋叶飘落,心境生凉。错了,人心哪懂天意。落叶高兴,在地上与众多兄弟姐妹相逢,千千万万的叶子抱着、携着,牵拉彼此的手腕臂膀团团起舞。

它们原来看不清彼此的长相。人说,叶子和叶子长得一样嘛,又错了。叶子在叶面上的面庞,润洁或活泼、多情或静思,脉络不一,绿的深浅不一,表情也不一样,这在枝头上看不清。叶子在枝头做团体操,每叶位置固定,跟奥运会开幕式差不多。

在地面,叶子看清了伙伴的面孔和它们的表情,表情写着:走啊,咱们浪迹天下吧。

脚下的大地松软、坚硬、平坦、起伏,释放迷醉的香气。青草的外衣在秋天换成浅黄的披风,围在膝下。说土地只生草木是短见,它还是蚂蚁、蛐蛐儿的大本营,是石子、碎玻璃、废弃的烟盒、雪糕纸的家。大地有多大?落叶以为在风中奔跑三天三夜就到了尽头,不可能。三天三夜才到法库，法库前面是四平，然后是长春、洮南、科尔沁左翼中旗、满归。诸落叶，尔等明白啥叫天涯海角不？不明白就慢慢跑吧！

城里的落叶在避风的墙角入眠，半夜醒来，见光秃秃的树枝挡不住月亮的脸，吓了一跳。落叶看枝杈歪斜，更吓一跳。它们一直以为枝直通天。树是千手千眼佛，向四面八方伸臂，一层层接引，收拢成为枝尖。

风不光是接生婆，还是导游。它带着无边的落叶参观躺在小区里的白菜和大葱，参观马路上的斑马线，看大楼身上的玻璃幕墙飘过白云。

奔跑的落叶已经找不到原来的枝头。天晓得天下有多少棵树，谁知道谁的位置几排几号。无风的早晨，鹅黄的落叶覆盖人行道，个别地方没盖好，露出一点点水泥的缝隙。即便这样，爱美的人也不忍心在上面踩。其实踩没啥事，落叶在脚下"沙沙"响，暗发秋声。

秋天，落叶尽享游荡的快乐。看山是山，看水是水，看人成群结队不知去了什么地方。它们劝枝上的留守者，下来吧，大地宽阔。

山与树林的合唱

"山在歌唱,只是人没有听到。"我记不起这是一句诗还是一句歌词,也记不起这是别人说过的话抑或我脑子里冒出的念头。话如失物招领一样放在这里,我想说的是我相信这句话。

在牧区,山峦裹着蓝色的毯子,趴在天边。它们做什么呢?一定在小声唱歌。裹着毯子的人,唱歌的声音一般都不大。山在那边一定看见了河流。草原的河流曲曲弯弯,像在塌裂的河床里流淌。在任何光线上,它们都白而亮。像割裂绿草的白色闪电,又像马鞍上的银链子。群山的合唱是低频震动,河水为此浮起波纹。山比人更早通晓和声的唱法,歌的层次如山的层次。山坡上的灌木带、白桦林带和蒙古栎带是不同的声部。人听到是树叶哗啦啦的声响,这个不算,顶多算伴唱。人听到山和树林的合唱吗?如《出埃及记》那样的肃穆。群山合唱,越矮的山峰声音越尖,跟人一样。树林是乐队的弦乐。我听《霍夫曼的故事》里的船歌,小提琴齐奏也有非凡的歌唱性。树林的齐奏但不齐,也没法绝对地齐,除非是用电子合成器贴上去的音。不齐才好听,树林的伴奏如几百把弓子整齐地拉过去,每把琴的乐音会快一点或慢一点,混杂的声音如夜空里参差不齐的树梢围在月亮的脖子上。有句成语叫"山呼海啸",发明这个成语的人是懂音乐的,并通天籁。山的歌声近于呼,古人称呼。呼吸的呼、呼麦的呼,广板并慢板、有曼陀瓦尼乐队的无限的延长音,然而无词,音乐术语叫吟唱。其实所有歌的歌词都是狗尾续貂,是包糖块的玻璃糖纸,是废话。山在夜里歌唱,星星下垂,聚集在地平线,它们是听众。山的歌声的波长不被人耳所解码,山早就看出人是聋人,羊倌赶羊上山下山,没表情,证明他从来没听到山的歌声。

流云停驻,人不明白流云为什么会停下来。云听到了山的歌声,在牧区,早起的云都挤在天边,如小学生排队,它们在听山的歌唱。歌者不光有山,獐子松是女高音,落叶松是男高音,山洞是男低音,白桦树是次女高音。这是说独唱的乐章,合唱时它们全体加入合唱。

白雾飘过来时,山唱的是情歌。白雾在歌声中滑落在山的脚下。白雾让山的嗓音有一点沙哑。迈克尔·波顿唱情歌也很沙哑。太亮的嗓子唱不出情歌的诚恳。心中无苦,不适合在山野里歌唱。山在恋谁?流云、大江还是天上的星星?这个事在没弄清楚之前不可乱说。人的听力与山的波长对不上,听不清它和它们的恋爱与失恋。那些古老的岩画在说这个事吗?不像。

山不是文工团员,没有新歌的时候,它习惯于沉默。但在四季的每一个季节山都要唱一唱,在春天歌声会多一些。山的歌声传过来,鸟儿在天空盘旋,田鼠钻出洞来谛听。唱到低音部分,山石子震落,轱辘到山脚下。如果河水绕着山流,必是此山歌声优美,河水舍不得一下子流走,山为此多唱了好多的歌。

树的道路铺向空中

人说树一辈子没往前走一步路,其实树一直在奔走,它的道路在空中。你平躺在草地上,就可以想象树怎么观看自己的道路。这条路(不应以条论?)广阔蔚蓝,早上变为玫瑰色,傍晚金红。树看不清路的尽头,它有时觉得白云城堡是尽头,但城堡也飘走了(城堡还会飘走?树觉得云的事太不靠谱)。暴雨滂沱,是路面喷射的水。这时候树也不想走了,它想不通天怎么会变成水库,用下雨的方法泄洪。但雨过天晴是最美的时分,雨不止洗去树和草上的尘埃,也洗掉了世上的杂音。雨后是不是特别静?万物垂首静默。雨下在树皮上、下在鹅卵石上、下在牛屎上、下在如皮革一样坚韧的草上,之后突然停了,那么多的音响停止了轰鸣。如果不下雨了,还下什么呢?万物在等待那个东西。那个东西来了,它是鸟鸣。如果不是爱出风头的鸟儿打破了寂静,世界还将静下去,谁也不好意思用声音扰乱暴雨造出的寂静。蚂蚁的腿都麻了,但并不翻身,怕翻身触碰草叶发出的轰响侵犯寂静。鸟鸣之后,世界就乱了,鸟鸣带来了更多的鸟鸣,你听到积水咕咚咕咚往树洞里灌,蚯蚓开始钻探,獾子边跑边放屁,风用刮雨器刮下树叶上的积水。乱了,太喧闹了,跟雨前一模一样,也许更闹了。雨把空气中的脏浊化为污水送给大地保管，花朵抹去脸上的雨水浮出地面，极尽娇艳。树看见自己的道路更近了，更近的意思是它几乎看清了天心，那正是它要去的地方。

树带着所有的树枝上路，树的终点是天上的星辰。它们是洒在蓝丝绸上的白蚕豆，是隧道尽头透进的光的白点，是永不融化的黑冰里的化石。树是大熊星座下的烛台，烛花是春天才开的花朵。树走在天空的道路上，路上洁净无尘，它的同路人是鸟儿。鸟儿虽然夜里在树上睡觉，天亮便径自飞走。树看到最多的是鸟的腹部从天空划过，像从海底看头顶游过的鱼。树回头看到身后的青草，青草永远跟在树的后面，跟着跟着就枯黄了。树觉得草倾尽气力一生才长两寸长是吝惜气力。蝴蝶在春天为树送行，它趴在树的苞芽上叮嘱。蝴蝶说天上的云团实为成千上万的蝴蝶的集合，风把它们推到大海的对岸。

树不怕自己走得慢，慢是大自然的美德。大自然带来的所有伤害都与快有关，洪水、地震都是它内部的一个表针突然走快了，然后继续慢。慢是美，山峰从地面爬到天空时间用了多久？雪花从天空降到地面有多久？树木把所有营养均匀地输送给所有枝条，让它们上路，走向天空。从春天开始，有多少树的孩子往天上走？大树小树，每根枝条都是它们的孩子，最老的柳树也托举着稚嫩的孩子走在天上。春天，没有哪一棵树的孩子不出门，它们的父母把这些孩子打扮得漂漂亮亮，让它们穿上了新衣裳，有的枝头开着花，那是孩子们头上插的花。玉兰哪里是花，它简直是一份大礼，朵朵都似白玉杯。树枝走到天上去，不能像杨利伟那样空着手，要带点东西。丁香花紫里藏白，四片花瓣打开后，树上贴满了清香的鳞。没有桃花就不算春天，桃花让人痴，让人相信未来，相信一见钟情。桃花离果实很远，离笔墨宣纸很近。桃花是一件事情的开始，也许是情事的开始，也许是飘零的开始。桃花落地比在枝头好看。梨花盛时如山野暴动，一树雪白衬在绿草之上，密到白到发疯的程度，人除了目瞪口呆并无什么办法。沉寂一冬的大地被梨花吵闹，在乐队里，梨花是锣鼓，铺垫好戏登场。连翘，是灌木上的花。它虽然有一个药房的名字，但不失娇艳。自然界最艳的色彩不是红，而是黄。黄颜色连接着苏醒，它是乐队里的女高音。金色的蜜蜂飞进连翘的花蕊上，你觉得它的家不是蜂房，而是连翘，它俩是一家。

　　树带着花朵的礼物供奉上天，杨树没花用小绿叶凑热闹，松树用松针为春天掐表。所有的枝条对着天心。走吧，树木，天空有无数条（片、块）道路等着你。树木不管土地泥泞，不理会砾石、杂草和未化的冰。树的眼睛只盯着天空，看着看着，它发现自己肩膀长出叶子，像披肩，又像托盘，下完雨上面留几滴雨水。叶子宽大之后，树梢看不清脚下的泥土，它的眼里只有杈丫，夜晚眼里是星辰。月亮从云的缝隙查看每一棵树。虫子在地下翻落叶，如翻旧书。树往天空走着，边走边吐出更小的叶芽。如果是茶树，这些叶芽就变成了茶。树不知离天空还有多远，它要一直走到秋天。

树的尽头

琴、乡下的门窗、板凳、寺庙里的木鱼，这些东西的前身是同一样东西——树。

它生长的时候，人们叫它树。树离开大地之后，叫作木头，叫黄花梨木大床，叫紫檀木棋盘，叫炒菜马勺的把。木头当年在树们的岁月里，身上长满绿叶，沾着露水，是鸟儿的家。当白箭的急雨斜穿而过时，树像顶着雨赶路。雨在树的脚下噼啪打出水花，树身像雨衣一样反光。树木奔跑，直到眼前出现一片野花。

树叶让树丰满，如同大鸟。树在树林里度过了一生最幸福的时光。

小时候，我家东面有一处锯木厂，每一天都传来电锯声，包括木头锯透后电锯发出的袅袅余音。我从三四岁就听到这种尖锐的声音，七八岁时，同家属院的小孩一起参观这个厂。锯出白茬的方形木料堆有三层楼高，让你产生幻觉，好像你变成一只蚂蚁仰视火柴盒里的火柴棍。院子里全是松脂的香气，松树的红色鳞片堆满地面。现在想，我老家一个小锯木厂里，半米宽、半米高、十几米长的松木方料竟堆积如山，这么粗的松树得长五百到一千年，这是何等富有啊！我长大再没见过这么粗的松木。五六个工人把松木的一头抬上操作台，工人用肚子顶着松木推向电锯，"滋——"，电锯怪声怪气地叫嚣，松脂香气愈发浓重。我觉得锯木的工人已患有成瘾性疾病，他们见到所有的树都想用肚子和肩膀顶向电锯，把浑圆的树变成白茬、有纹理的方料。离一垛垛的方料不远，是一条铁道线，木头从兹前往各地。

树不知自己身上哪一部分变成门。这一部分树变成门之后，成了一个家最重要的成员，它叫门，古语称之为户，替这家遮风挡雨。这家人每天用手摸到门，开门、关门。门远离森林已经很久，绿叶和露水永不再来。门上有锁，安玻璃，没人再记得它曾是一棵树，是树身上的一部分。门上年轮的花纹被漆覆盖，花纹在漆的黑暗里回忆森林的绿荫。

有的树变成琴，只用一小块木料，制成琴杆和共鸣箱。琴是树最为文艺的出路，发表乐音并倾听乐音。在音阶的五个全音和两个半音的无穷组合中，琴身的木头听遍了人间苦乐。旋律使它们迷了路，忘记了森林的一切。不同的树让琴声明亮、幽怨、沉思、多情。用放大镜看木板，是无限穹庐，像蜂窝一样，藏着无数小共鸣箱。

木鱼是寺庙的法器。鱼日夜睁着眼睛，僧人以木雕鱼做成响板，取警醒之意，戒怠倦。木鱼的声音幽远、玲珑，是另一种梆子。树成了鱼之后，以声音在寺院的静水里游来游去。

树活两辈子

每棵树身上都有两辈子,它们把两辈子放在一起活。

树的枝叶果实是它的青春。阳光均匀地涂抹在每一片叶子上,同时没忘记晒红苹果的脸。树叶有青春的好奇心,会用手掌捧一只毛虫看,看它吞吞吐吐爬向树干。树在夜风里丢弃了睡意,计算风吹落了多少颗露珠,听河流莫名其妙传来跳水声,好像苹果连夜逃逸。树最喜欢星星,以为那是天空密林上挂的灯笼。这些灯笼隐身复浮现,好像往人间传送神秘的灯语。灯笼旋转,东方出现鱼肚白时,一盏盏熄灭。

根是它的暮年。根在黑暗里呼吸,呼喊水的名字,它的邻居是昆虫。根的世界叫作土壤,正如树的世界叫空气。树根熟知土的话语,它们常说的词汇是紧密、湿润、水和干涸。土是大地的躯体,大地的臂膀、肌肤、内脏和灵魂全是这一层厚土。土做的砖,土垒的城墙,根在土里活了一辈子,就像树的枝叶果实在阳光和空气里活了一辈子。

树根比老人的手还老。树根何止于吸收水分,它要牢牢抓住土地。从树冠传来的风的力量扭动树根,根而非树干在与风角力。徐志摩说"不知道风是在哪一个方向吹",根也不知风从哪个方向吹来,为什么要撼动树。树根在与风的角力中得到大力士的称号,它的手像铁匠一样骨节突出，或者像一只放大的鹰爪。悬崖的树，根比鹰爪更坚利。它们用根抓住岩石，用树枝抓住风，争夺一席阳光。

根没见过阳光，一辈子从未见过太阳的模样。树叶把太阳的能量源源不断地传输到根须，根感到阳光是让躯体膨大的力量。根想象阳光是一片水，淹没了大地，如金针刺破所有屏障。根看不到光的亮，却感受它在奔跑。阳光在树的脉络里跑得比水分还快。阳光像海水那样一波一波涌来，送来粮食和热量。

树活两辈子。树叶是树的孩子，根须是父母。父母在泥土里当地基、当抽水机、当风的对手。根须其实不懂树叶的快乐，也不知果实的滋味，只习惯于劳动。叶子在风里簌簌唱歌，与小鸟捉迷藏。树叶向往远方，猜想地平线发生的事情。叶子甚至盼望秋天来到，让它脱离树干，在大地上奔跑。

根看不到树叶的足迹，果实被车拉到了远方。当光秃秃的杈丫落上一层冬雪时，根在寂静的土里深眠。冬天戒严了，水与昆虫都在休息，树的根须放松了筋骨。大地上的生灵在冬季休息了，冰雪让它们停止一切活动，全体护生。

树根在三个多月的睡眠后返老还童。春天的脚步先从昆虫的翻身声里发出，水醒了，打听哪一天是立春。当春风摇动树干的时候，根须知道春天到了。根须一天被春风摇醒一百次，让它准备嫩叶、准备蓓蕾、准备树叶和花朵的衣衫，树根开始为儿女准备所有好东西。

树叶和花见到春天后开始歌唱，有合唱与独唱。歌声传到树根，树根不断把水送上去，让它们润润嗓子。

树的衣裳

见法新社一张图片,德国一位女艺术家给树织了毛衣,那些树从很矮的地方开枝,这些彩色毛衣从树的脚下延伸到胳膊上。树林的树隔三岔五地穿着毛衣,像孩子们在奔跑。

把树变成孩子就这么简单。而孩子穿着天下最好看的衣裳。春天到来的时候,我上街看孩子们换上了哪些衣裳。过年的时候,我喜欢的事情也是看到孩子们全都穿上了新衣裳,兜里揣着糖果爆竹,成群结队喜气洋洋地在大街上走,像礼物在雪地上移动,像城里突然冲进了一群美妙的动物。

我孩子小的时候,她的妈妈也给她置了许多好衣服。有些衣服甚至是好笑的,比如小虫翅膀那样淡绿色的纱地儿上衣。还有一件水兵毛衣。孩子两三岁的时候,穿着这件水兵服蹒跚学步,很庄严,又娇憨。

我妻子把这些有趣的衣服收藏起来了,包括女儿作的"诗",谱的"曲"。而我突然想到,没有收藏母亲年轻时的一件衣裳有多么可惜。母亲年轻的时候,也有美丽的衣裳。我记得她有一件暗绿色的连衣裙,它让我想起母亲也有美好的青春时光。我甚至想知道母亲做姑娘时的样子,当然这是不可能的。而我父亲则是幸福的,他在我母亲做姑娘的时候认识了她,他们成为朋友,后来结为夫妻。

树林里的眼睛

我不怕走夜路,在夜里走路感觉比白天更放松。这好像是动物的想法,不知什么时候传染到我身上了。从葛根召到赫林塔拉约有20公里,我傍晚睡觉,睡到夜里11点钟爬起来,往赫林塔拉走。

过马车的道路长满杂草,车辙辘压过的土业已死去,不长草。路两旁的新疆杨胸径达到碗口粗,树上的叶子在风里旋转着跳舞。叶子在叶柄上来回转,像有手指捻转。新疆杨的树叶分成两色,绿色的叶面有光滑的蜡质,灰色的背面长绒毛。夜里,叶子的灰和绿色变为黑白两色,在风里旋转着给人变戏法。往前走,经过山榆树和蒙古栎的树林。月光照不进浓密的树林,林内好像是漆黑的仓库。或者说,一列看不见尾巴的闷罐车停在树林里,漆黑的车厢上面装载向上生长的树。

我知道树林里有无数双眼睛在看我,我有些得意。动物和鸟类不出声地看我,瞪着亮晶晶的眼睛。它们的眼睛比玻璃球还亮,没有杂质。它们在看这个双下肢行走的"人"在干什么,去哪里。想到这个,我笑起来,这并非讨好它们,而表示我也是愉快的。虽然我是"人",但并非所有的"人"都坏,"人"也并非随时随地都坏。有时,他走路而已,微笑而已。他以双下肢行走本意不是耍杂技,这是进化的结果。他的双上肢前后摆动，不是做暗号，而在平衡。人类所有的坏事都是用手干的，我摊开手，上面没猎枪和夹子，也没毒饵。我只是一个去赫林塔拉的人。去赫林塔拉也不是为了干坏事，我要到去那里山顶上护林员住过的废弃屋里睡到凌晨，起来看日出和那里的岩画，拍点照片，然后再走回来，经过你们。当然这已是明天白天了。白日里，新疆杨的叶子变成绿灰旋转，而不是黑白。这条路上的月光会被太阳铲掉，铺上明亮的阳光，那时候你们都回到了窝里和洞里。白日才是你们的黑天。

月光像用喷雾器把乳液喷洒在草叶上，白得均匀。再往前走，快到夜里11点时，凉气从树林里跑出来，包住我的身体，地上的月光变得更白，如同冻结了地面。我坐在路边歇一会儿，突然害怕有动物把双爪搭在肩上。于是我靠着一棵树休息。怎么看不到动物们、鸟类、昆虫们在夜里活动呢？我知道肯定有动物在树林里与我并行，跟踪我。它可能是狐狸或獾子，但最好不是野猪。除了老虎和熊，谁也不是成年野猪的对手。这只狐狸或獾子看我到底想干什么，它觉得我不能仅仅是走。是的，我不仅仅会走，我还会写作（这也是古老的职业），但现在只是走而已。我不上树掏鸟蛋，也不把手伸进树洞里抓蛇。你别拿你干的事想我，我也不用我干的事判断你们。

月亮朝西北下坠，月牙比刚才更向后仰，好像把飞机座椅向后调整了，它躺在碧海的沙发上看天。月亮当然也要看天，这差不多是它主要的工作。人类觉得月亮一直在俯瞰大地，这是错觉，月亮要看群星的位置。星星们一如夜海里的岛屿，是不融化的白色冰山。星星们离月亮很近，彼此观望都无须仰脖子。它们互相照耀，有足够的光。

夜的树林里总有声响，像鸟窝从树上掉了下来，像松鼠掉进铺满落叶的坑里。但没有人弄出的声音，什么声音都不会妨碍夜行人的安全。就人的体积、外形、气味而言，没有哪些动物想把人当作食物吃掉。它们对人始终恐惧。人用文化歌颂人的各种俊美，大多数人都信了，但动物一眼就看出人的丑。人在它们眼里，比人看河马还要丑，没人吃这么丑的东西。动物辨识对方，嗅觉比视觉更具有优先权。动物都不喜欢人类发出的强烈气味，比骚更骚，令人作呕。想这些，是让我走夜路时放松一些，人的相貌与气味的武器已足够强大。

前面有河水，这条河浅而宽。到对岸，河水把我的气味传得更远，让更多的动物悄悄离开。流水的声音好像并不由河水冲击鹅卵石而来，是水对水的耳语，边说边笑，包含许多秘密。河对岸，草地开着小花，夜里看都是白花。走百十米，白花止步。前面是一片开白花的树林，好像草地的白花爬到树上去了，这完全有可能。因为树底下已见不到小白花。

夜里的树高大并茂盛。我进树林里走了一会儿，因为视力没动物那么好，怕崴脚便回到路上。树林在夜里发出清香，我称之为"夜味"。夜味并不像夜色那么黏稠，它清凉、下沉，摸一摸你的脸就去了别处。夜的味集合了青草与枯草、绿叶与落叶的气味，混合香型。其中也有岩石的冷冽的气息。昆虫们在我们不察觉的草与土里忙碌，过日子呢。月亮下坠，更加偏远。道路和岩石的白色已变得模糊，夜比子夜更加渊深。我走了3个多小时，夜才开始真正地黑了，现在接近凌晨3点。

树木是音乐家

才想到,树是藏在暗处的音乐家。我过去一直以为琴声是从琴弦和琴弓之间发出来的,却忘记了琴的共鸣箱。

提琴、胡琴、月琴、吉他……其实不必列举下去,包括钢琴在内的琴都有一个木质的共鸣箱,就像人有肉身,河有水的质地,琴有木质的、更准确地说是植物的躯体。这么说就对了,说出了琴生命的源头。

树木在阳光和水里生长,在泥土和月光中呼吸。夏天,树木不出汗却散发清凉,浑身的绿叶比草茂密,而人在此季昏昏沉沉。春天的树在大地刚刚苏醒时已经开花,它在肚子里背诵了一个冬天的腹稿竟然是花朵,让人惊喜。旷野里的一棵树如同一位行脚僧,虽然无依无靠,它却是小鸟的依靠。树在稠密的夜色里搂着鸟儿们睡觉,让大鸟和小鸟枕着树枝的胳膊睡觉。天际透露点滴曦光时,鸟争先恐后地歌唱,唱成一锅八宝粥。树最先听到这些歌声,它熟知每一只鸟儿的歌喉与旋律。树从最近的距离看见太阳把苹果一点点晒红;它听见小虫在月夜吃树叶的沙沙声;树听到露水珠从树梢滴在草叶上。树收藏了自然界无数的声音。

所以，所有的琴都用木头做琴的共鸣箱。弦上的声音在箱里共鸣，不仅被放大，还带出了这株树心里的声音。琴声何以缭绕、何以幽怨、何以清越、何以旷远？我今天才明白，这是树的木质的语言。

古琴推重木质。一架西汉的琴，琴身可能在汉代就是生长了800岁的老树，其音怎不邈远。琴老，但不衰疲，保留百代之音。

科学家测出树木发出人耳听不到的10赫兹以下的声波，而我们在琴声里听到了树的歌唱、树的沉思，甚至树的阅历。人没法跟树比，人活不过一棵树。看到从悬崖石缝里长出的松树，你没法想象它是怎么生活的。树把根扎在石缝里能活几百年，人在那儿连十分钟都站不了。树比人更能体会寒冷、干旱这一类的困境。事实上，琴声不光装点太平，还发出悲怆之音，木头比人更知道世事艰辛。琴声的纯美只是树木说出的愉快的话，它还有更苍茫的声音。有朋友从南京动迁的老房子里买出一段房梁木，是明代的木头，他制成一把古琴。我问此琴什么格调，朋友瞪眼想了半天，说此琴一腔悲愤。一段房梁木怎么会悲愤呢？朋友奇怪，我也觉得奇怪。

树木有梦

树在冬天惊讶着人的美丽,他们彩色的衣装使树显得粗伧。这是在北方。

树在冬季变成了身穿统一制服的士兵,青或褐都罩在乌蒙蒙的灰里。它们不知人类用了什么样的办法,仍然像夏天那么鲜艳。

树是冬天的穷人,叶子被秋天收走了,不知存到了什么地方,以后能不能送回来。夏季的泥土抢走了树的花朵,雨水把花瓣冲到远处,连鸟儿都找不到。

小鸟怀念绿荫,那里有许多秘密。鸟儿仔细观察叶子的手掌,为它们算命。许多叶子哗哗伸出手,让小鸟看自己的爱情线。

冬天只有人类美丽。他们在皮衣和羽绒服上佩以彩色的围巾和手袋,集中了好多花的颜色。他们在街上停下来,说话,然后笑。如果哪一株树这么鲜艳,也要笑,用树叶弄出声响。

街上,绚丽的小孩毛衣挂在两株树当中的绳子上,袖子在风里摆动,像跳舞。这是下岗女工卖的,批发价。树们不懂,这么好看的毛衣,为什么没有人买。它们已经挂了很多天,而且行人并不看这些毛衣,连小孩也不看。树惊讶,就像它们不懂什么是下岗一样。

然而，冬天的太阳很暖，树们抵御睡意是很难的事情——梦像天边的云彩一样悄悄走近。当鸟儿飞下来的时候，常被尖尖的树杈吓着，怕扎了自己的脚。再说，鸟儿也不喜欢挂在树梢上的哗哗响的塑料袋，比麦田的稻草人还吓人。鸟儿觉得还是在屋顶栖居比较好，包括大烟囱的铁梯和没有学生上课的教室的窗台上。树在暖日熏陶之下入梦，虽然它们不承认自己睡，说听到了卖菜人吵架的声音，但它还是睡着了。天太蓝，睁眼看一会儿就睡了。在梦里，它发现蚯蚓鼓鼓捣捣地准备铲子和水桶，蚂蚁开会布置春季防汛。有两个小鸟在谈话：

"我要用明年的桃花做一个最好的巢。"

桃花？哪里有桃花？树想睁眼看一下，但睁不开。

另一个鸟儿说："我要用树上的露水漱口，这样，有助于练习美声。"

树懵懵懂懂地想：这些鸟儿在做梦吧。当然，露水和鲜花都是好的东西，仅次于人类那些美丽的衣服。

树叶欲飞

每一片叶子都像一棵树。

这是一位名人说过的话,如伏尔泰那样的名人。据说这句话曾经启发一个人开创了一门学科。

取一片树叶端详——如杨树叶或榆树叶——宛似一株伫立的树,枝干清晰,冠冕丰满。或者说,此乃树的相片的绿色底板。叶子在心里纪念树,像孩子纪念妈妈。对着阳光看树叶的脉络——即树干的微缩——实如通达的渠。水分多么高兴在透明迷宫的走廊里跑来跑去。

树叶还像摇摆不息的婴儿的手掌。如此,每一棵树都是一尊千手千眼菩萨。树的确是树菩萨,以清凉救人。树叶亦如一只只小鸟,伏在枝头。它的纹路像披挂羽毛,在风里,这些羽毛颤抖着,欲飞。当树叶在你面前翻卷时,确如飞不起来的挣扎。

藤

藤不是树不是根，又似根似树。树直立，根在地下爬行。藤选择做一根藤，是植物里的龙蛇。

藤是植物里的猴子，它想去一切地方。藤想知道泉水从什么地方流出，野果边上有没有刺猬的洞。藤在悬崖爬上爬下，把阵线搞乱，没有哪一棵树像藤这么胡闹。树像士兵一样站在哨位，一辈子没往前走过一步。

藤直不起腰，它需要挂在什么东西上。藤做的事情叫作借力。它认为所有的地方都是肩膀。它拍过石头、树和草的肩膀，然后向上爬。藤好奇心重，想知道高处有什么，想知道高处的高处还有什么。藤编织了森林里的蛛网。

藤被庄子的故事吓住了：树越成材越近刀斧，树一旦丰厚挺直就成了床，供人当坐榻，成了桌椅板凳和皇帝的案子，树不读书也被迫充当书架。藤是明白人，树成了材也不过是大立柜，变成夹肉的筷子，自己却吃不着。藤以不才自喜，它要做一个山野流浪汉，东奔西走，居无定所，就这么办了。

藤不开花，它情愿寒碜，像穿褐色雨衣的药农。在雨里，藤的衣衫像石头一样黑湿黏滑，不开花。植物开花，只是一个富贵的梦想。花开过，花瓣被风揪走、被流水偷走，花记不住自己到底有几个花瓣。开花的树多少有一些矜持，像做家务的男人，更像粉墨面世的梅兰芳。藤没有开花的基因，算了，不开就不开。藤假如开了花，必定妖邪，像身怀杂种的茨岗女人。藤把开花的力量变成皮革般的纤维，坚韧可拔。

日本这个地方国小藤多。他们建立户籍制度时国人无姓，阿三阿四。官令民有姓，民取"田、山、松、井"等山野事物作姓，缀以状态助词"中、上、间、下"。也有"藤"，藤野、佐藤不是一根藤。山多藤就多，平地有草没有藤。日本的藤是造床、造桥材料，藤条抽人人疼。

中国的文人画里，写藤见到笔墨功夫。毛笔先天适合写藤，藤之老劲虬顽，以墨之滞迟枯涩应对之。黄宾虹说：笔做什么？分明。墨做什么？融洽。黄宾虹把笔墨最高境界称为"融洽分明"。他的画语录常说笔法，笔分八面是黄宾虹的标志性言论，但他的画最好的地方仍在墨法，茂朴华滋显示黄墨的神力。有画家研究黄宾虹一辈子，不知他作哪一种皴法，我说黄宾虹山水无皴法。他问是何法，我说不告诉你。画藤也无皴，见清楚笔法，所谓线。朱耷画荷茎与藤何其相似，只是墨性不同。毛笔的线——齐白石称运笔要迟，石鲁的线却飞快——在画藤时显出疾徐枯润，显示毛笔的霸蛮。齐白石说毛笔可夺天工。一般画家不画藤，也画不了藤，他怕别人说他在画蛇或画井绳。徐渭是墨藤祖先，其藤怒而刚烈。齐白石的藤显露金石章法。藤在文人画里上了厅堂，化大野为大文。文人画的藤叛逆，臣服朝廷的人肯定不画藤。藤在笔墨之间不止纠结，是不求纠结而纠结自来。大师的墨藤肚子里有火，是身在江湖但不屑江湖，是好纸好墨，是不皴，是仿家画不来的黑道道。藤是国画里的美人。

就这样，艺术远离着生活。在所谓"生活"里，藤变成屁股下的椅子，被屁熏得油汪汪的黄。藤是蛮人孟获的盾，是西南少数民族孩子上学路过的桥梁，是苔藓、昆虫的共生体。森林里，藤比树烂得慢，它属于筋一类炖不烂的东西。藤是高加索山民采野蜂蜜的梯子，它见过无数采蜜人摔进山谷。

树　桩

所谓树桩，是被斩首的树，是树的遗骨或开裂的冢。

树桩都很粗，年轮湮灭，长满苔藓。而它身边尚细的白桦树，像拉着手的儿童，惊恐地看树桩，不肯离去。

或说，树桩是祖母干瘪下垂的乳房，是悬崖上被蒙住眼睛的骆驼。

我见过老死、完整的树，在四川海螺沟。巨大的、活了几千年的树老死了，倒在林中，而身上有许多生物，小虫呀、蜘蛛啊，老寿星多么幸福。

在我老家，过去有挺多林场——林的屠宰场。现在没了，因为没树了。人们扛着电锯、唱着歌儿，杀伐那些粗的、直的、好的树。伐树的"伐"字其实挺可怕，比军阀的"阀"吓人。树没了，沙子来了；人搬走，大地荒芜。

旧小说写豪强，常用"动了杀机"。机是机心，而杀是人之恶念中最恶的一种，不止杀人，还杀动物，植物也不放过。

草原沙化之后，都市的人只感到空气指数下降，车上落土，衣服需要再洗。有人想过没有？在所谓沙化的源头，牧民的家园没了。这里原来是一望无际的草原。你们衣服脏了，而他们的家园万劫不复。是谁毁掉了这一切？

望树心安

我曾将书房名为"二街堂"——南面临街,西边又有街,因而不是"二阶堂"。至于书房是否宜由自己的名分地位命之斋、居或堂,并寄寓玄秘的含义,我从来不去想,妄语而已。所谓苦茶斋、大风堂或不二居,不外表达怀抱。有人抱屈,自命"六步斋主",房子太小之谓。又有人讽世、谀己、伪逊,在书房上搞些名堂,属文人惯技。

在"二街堂"前,有花园一片,为我钟爱。在都市,能和植物住在一起的机缘太珍贵了。我居二楼,一棵碧桃树横枝迎迓,绿盈我窗,并将枝叶昂首三楼。碧桃树肩下,是几株坚挺的松树,松树脚下榆树墙蔓延。它们就在我的窗前,被我引为三五好友,共度时光。

去年天冷时,吾妻在南窗置一帘,与床罩枕套一路色调,银灰绣花,隐隐有地主富农气或道士气。这样,屋里增加了什么,也似隔绝了什么。越几日,妻子摘去窗帘不复挂焉。问,说见不到窗外的树了。我与她握手良久,说真是同志呀。

窗帘挡住树影,又妨碍了天光,不足一挂。它断绝了我与朋友的来往。窗台有花草几盆,那是我与树们的联络员。有时,我从外地回来,深夜至家,吃、喝、与家人问讯毕,躺在床上,一眼便看到了窗外的树，姿态依旧，真是老朋友相见。我相信它们在窗外也看到了我。我虽微不足道，无枝无叶、碌碌奔走，但毕竟是它们的邻居。我看到树的时候，心里总想：你们哪儿也没去啊？

树们，哪儿也未去，也不屑去别的地方谋生或谋食。秋夜是树最美的情景，叶子俱去，干净伸展于星星的分布之中。这种美态不能为丹青状之，也不能为书法描摹。秋天的夜空本来明澈，若有月光依来，树们在静谧中极尽温婉劲节的气韵，比月下舞剑之人好看得多。

我的心态如一个土包子财主，即每夜逡巡仓房马圈，不为所有的人。夜阑，读过书又饮完酒，看妻女睡去，看冰箱彩电都在。上床前，再睹窗外的树，心便安了。

有的树忘记了结果子， 有的树忘了开花

我像陶渊明写的武陵打鱼人一样，"忽逢桃花林，夹岸数百步，中无杂树，芳草鲜美，落英缤纷。"桃树不高，约齐吾肩。树的怀抱比我两臂伸展还宽，花瓣如枝头黏的假睫毛在风里忽闪。静卧地面的花瓣约与枝头的一样多，我没挨瓣数，怕记不住。在刚冒芽的青草上，桃花瓣铺了一幅疏落的布单子，仿佛等着谁来躺下。我看能来的只有蚂蚁。如有人躺在桃树下看天，跟死了差不多。落下的花瓣在微风里翻身，如翻一只只小碗，最后靠在青草的怀里。在桃花林里走，如见桃树举着花枝欢呼，只是没声音而已。有一棵树无花，也是桃树，枣红的树皮闪亮。它如合唱队里的一位沉默者，比开花的桃树更醒目。这棵树身旁的桃花或盛开，或零落，只有它仪态如初。如开花之前和开花之后的树。它比别的树更镇定，用自己的方式度过春天。

我细看这棵树的枝头有苞芽，还活着，只是没开花。此树因此具备别样的风致。它丝毫不为不开花而显出羞愧。既不向春天投降，也不背叛桃树。树有时可以做一些事，有时也可以不做。对树干树枝树根来说，开不开花都不算什么事。开花不是招摇，不开花也并非炒作。只是，在花事迷离的桃林里，有一棵不开花的树。因为树不可言，就

无须接受采访，解释自己为什么不开花，省下了道歉的心而专注地做一棵树。

我在夏季的果园里也见过不结果的果树。我很为这样的树叫好，窃以为果树为结果耗费过太多气力，从树道而非人道看，树完全可以自由选择结不结果。杨柳不结果，松柏不结果，石头和云彩都不结果，都过得很好。我想到低矮卑微的苹果树，衰老得要用木棍支撑果枝，它还在结果。它是怎样从枯干的树枝里咕嘟咕嘟结出一只又一只鲜红的大苹果呢？咬一下苹果枝肯定不甜，它把甜都呈献给果——这个长着叶柄的、等人摘走的、没人摘也会落地的、注定远走他乡的孩子。因为想念孩子，苹果树来年再生出新的果，看它们在枝头长大、变红，再被人摘走。苹果树以其结果，跳不出轮回。我见过的那棵不结果的果树，肯定受到树主人的叱骂，主人甚至用农药威胁过它。但树不结果，用手在枝头挤也挤不出果来，喷农药更不出果。

愿意不愿意只是人类的想法，事实上，有的树可能忘记了结果子，有的树忘记了开花。杏树在夜半醒来，看到枝上的花朵也许会被吓一跳，以为落满了蝴蝶，月光用细针把蝴蝶钉在了那里。它自己开花，自己却忘了。树从枝头的花瓣望过去，树梢全是花，与月色搅到一起，如同被水淹了。不开花的树如同没穿衣服的夜游者。它们手上不仅没有花，连衣服裤子也没有，赤裸裸地走在月光下。它看花的树林，仿佛闯入一片海，或者说沉入海底，遇到望不到边的珊瑚。

开花时分，不开花的树会在树林里迷路，鼻子会因为花粉而发痒。身边都是花，它搞不清两边铺着青草的小路在哪里、河流在哪里。它不知道开花的树是从哪里找到的这些花朵，藏在身上什么时间又开出来。

树把戴够了的首饰扔给青草，青草顶着小花帽隐藏在月光下。月光最白的子夜，树下的花瓣如同树在水中的倒影。不开花的树的脚下也吹来了花瓣，仿佛是从它的枝头落下的。在花树里，不开花的树如同披了一件黑色的雨衣。

不知哪一年，会轮到哪一棵树不开花或不结果，它们也许懊恼，也许庆幸，也许无所谓。树没有年的概念，甚至不知道什么是春，正如它们不知什么是秋。树的身体和灵魂里找不到一种叫思想的东西，因此比人类活得更长久。

栽树吧

栽树吧！

这也许是我所有的愿望中最底层的愿望，如同我的红漆木箱中最底层的那件旧衣裳，那册最早的语文课本，我的玩具中最早用手碰过的那个玩具。

它不是欲望，而是愿望，一种起初就带着芽的愿望。欲望和愿望有时不容易区分，然而时间一久，就分开了。如同一条大河流着，分成两条河；如同一条大路分成两条路。"杨子曰：嘻，亡一羊，何追者之众？邻人曰：多歧路。既返，问：获羊乎？曰：亡之矣。曰：奚亡之？曰：歧路之中又有歧焉。"（《列子》）

在"歧路之中又有歧"中，我们不知不觉间失落了起初的愿望。

以后会记起这些愿望吗？愿望在什么时间凸浮？

也许就是你犹豫的关口，愿望用小手拨了你一下，因而你犹豫了。法国诗人博纳富瓦说："我每逢走到十字路口，总有一种不安的情感。我仿佛一来到这里的同时，或几乎是同时——离路口两步远的时候，便似乎已经离开了。是的，正是在这里，一个最高本质的领域敞开着，我本来可以走向那里去生活，但从此，我却从这个领域失去。"（《灵域》）

还有弗罗斯特的名诗:"森林里有两条路……"

我想,我在绝望的时候仍有一个愿望,那就是去栽树。这个愿望不是刻意搜寻的,它像树一样在大地荒芜之际孤零零地挺立出来。

如果栽树是一种美好的愿望,人为什么不在精力充沛的时候去完成呢?

我不知道为什么。就我而言,在生活充满选择的多样性的时刻,正所谓"歧路之中又有歧",会把目光投向像睡莲一样浮在人生表面的一些东西,譬如赚钱、名分、女人,以及可以无穷列举下去的那些东西。这些东西成为生活中的目标,它们是欲望和愿望的难解难分的重合,像两张幻灯片重叠着被投射在我脑海的屏幕上,驱动我去做那些事。这些目标有时是美的,但更多是属于有用的,只对我有用,因而是自私的。不管这些目标、欲望和愿望多么纷繁多样,都可以分为必需与附庸两类。我去获得粮食、衣服、房子、做人的尊严所需要的自由度之外的一切,就是我必需以及附庸的一切。如今的时代,是附庸的时代,人把自己的才华能力大都放在生存所需之外的领域里了,其中需要,可用"钱"字一言以蔽之。

但是,一个人即使把生存目标毫不矫情地简单化,也还是回不到原始的那个十字路口。譬如我不带矫情地说,我已坦然摒弃了功名利禄的麻烦,也还是并不质朴刚健。我也许是没有烧透的炭或杀猪人手里没有洗干净的肠子吧。我即使谦冲一些,也没有想到过栽树。我想过,也许在生活的路都被堵死之后,才会想起栽树吧。

小时候,我最大的愿望之一就是栽树,把我吃剩的苹果核和梨核埋在土里。那时，我太性急了，瞪着眼睛等待它们破土而出。倘能出芽，我并不满足它长出西红柿秧的样子，要又大又粗，呼隆隆长成一抱粗一房高，枝头琳琅满目。如今，我看楼下的小朋友游戏，也玩种树。他们甚至把小石子埋入装着湿土的塑料盒里，让石子长成树？石林？他们更可爱。

我想明白一个道理，栽树的冲动原是一种创造的冲动。人每日所为，多是攫取，这是迷路之为。最本质的，还是他们的创造愿望。"今天为什么想起种树了？"我问自己，也许是因为细数平生，并无点滴创造。我吃着喝着用着兼以眼睛看着世上的一切，维持自己可有可无的生命。我惭愧了，也许是害怕了，想补偿一些什么。于是想做一件普通人所能做的事，又是富于创造意味的事：栽树。

如果我宣布开凿一条河流，显然自不量力。如果我宣布创造一条河流，不仅自不量力，而且可耻。我一直懊丧于自己不是女人，因而失去创造的机会。生为女人，孕育、生产并养育一个孩子，看他一天天长大，体味他与自己的同与不同，这种感觉多么充实。因此读到叶夫图申科的诗《我想当一个女人》时，我被深深地打动了。我像深呼吸一样，嗅入这首诗中深藏的意义。在男性诗人中，泰戈尔的母性以充盈饱满道出渴望成为女性的创世主式的崇高。

我渺小，想着栽树的事。然而，栽树并不是不得已（什么也做不出而去做）的事情。比栽树更好的事是什么？是当官或当商人吗？美国有一处对公众开放的园林，名为 *GIMFERRER*，门口写着"人们，你们正要破坏你们所无法创造的树木、河流和动物。"这个忠告简直像出自上帝之口。我们为过去的破坏或污染而感到卑鄙吧，然后做一点事，譬如栽树。

树木并非我们的创造，但它们确实可以经我们之手而生机盎然，算动物对植物的关爱。树由挺拔而高贵，由伸展而潇洒，身上留着绿色的血液，确实为我们所不及。它们地下有根，空中有叶，于凝立中同时和阳光水分交流；它们还有年轮，有像手掌一样布满纹路的叶子，头上或许顶一鸟窝。而鸟儿，可以恣意站在它们的肩上腋下唱歌拉屎，树不失美丽。我们的确不及。

栽树时，我首先栽白杨树。让慧明之人栽菩提树，高贵之人栽紫檀树，华美之人栽梧桐树，绮丽之人栽桃树，寒洁之人栽梅树，热烈之人栽红棉树，疏朗之人栽芭蕉树，多情之人栽柳树，坚贞之人栽松树，我栽白杨树。

白杨树质朴而散漫，在寸草不生的黄土地偶尔见之。白杨树好活亦易死，一掰树枝"咔"地折了。树皮泛青实白，带着像眼睛似的黑斑的疤痕。白杨树的叶子在北地常常喧哗。知堂先生在忆钱玄同的散文中，疑白杨絮语为雨声，深挚地道出"又被白杨骗了"。汉乐府称"白杨何萧萧，松柏夹广道"。白杨——何萧萧，此为吾等所不知。白杨叶子在夏风或秋风中翻卷，是一种萧萧，但为什么而萧萧呢？我们不知道。它们自古如此。台湾诗人纪弦称"……并刮起凉风飒飒的，飒飒飒飒的，这就是一种过瘾"。

我以为这乃是说白杨，尤其"飒飒飒飒"四字，真是一种过瘾。

我希望自己栽杨树时，不至像儿时那样性急，也不必如现今这么急功近利。此类事,不可炫示,也不必炫示。我听过一个故事:某人儿时为邻人扫雪,告之父。乃父伸手扇他耳光二。他不解。越数日,父曰:行善事,自己不能说,让别人口传。

我生于贫困山区,从小到大栽过许多的树,包括杨树,但从未因此事高兴过,因而太愚昧了。当时我不知这是好事,而是人家组织不得已而参加的事。从学校毕业时,我良心发现一次,去"接见"入学栽的柳树。两年,树已长出碗口粗,茁壮三四米,不认得我了。真是"树犹如此,人何以堪"!

栽树吧,虽然我不是它们的父亲,但能在树的成长里悄悄塞进我的一点点光荣。我大约可以把栽树的愿望归于人的本质之中,夏尔在《群鸟的语言》中呼喊:"不要让人们抢走我们一点深藏的本质,别丢掉这本质,哪管如罩纱,不应把本质的一滴水与一粒沙让给别人。"

在如今,本质锈蚀了,没人要抢夺它们,它们废弃着并消失着,如同挥发的梦想。